三國疑雲

卷 1

天下無雙

水的龍翔 著

前言

穿越三國時空，歷史疑雲揭秘

「大江東去，浪淘盡，千古風流人物。故壘西邊，人道是，三國周郎赤壁。」看到蘇東坡的這首《念奴嬌‧赤壁懷古》，總令人腦中不覺便會浮現出三國極盛一時的許多風流人物，包括義結金蘭的劉備、關羽、張飛；一邊羽扇綸巾、一邊運籌帷幄的諸葛孔明；或是挾天子以令諸侯、堪稱一代梟雄的曹操；縱橫江東的雙虎孫策、孫權；更不用說相貌俊美、氣質又佳的翩翩公子周瑜，事業得意之外，還春風得意，有絕代美人小喬相伴……

三國的故事之所以特別引人入勝，讓人流連忘返，欲罷不能，就是因為這段歷史可說是中國所有朝代中最詭譎多變的一段，也是人物最多、也最具形象特色的一段，除了羅貫中的《三國演義》深入人心之外，戲劇、電影、電玩、動漫更是屢屢改編，群雄間的勾心鬥角和驚心動魄的戰爭畫面，讓人有說不完的三國故事與三國典故。

本書亦是以三國為背景，但以「穿越」作為顛覆歷史的觸媒。開頭即是黃巾賊肆虐，民不聊生之際，四處有志之士紛紛揭竿而起；然而，當原本並不屬於這個時代的唐亮穿越而來之後，彷彿蝴蝶效應一般，時空的交錯使歷史產生另外一番神奇的發展。唐亮的亂入，不僅改變了他的人生，也撼動了三國的布局，從此三國鼎立的局面因為他，呈現了詭譎驚疑的態勢。

唐亮原是一間小公司的老板，因為酒駕而不幸喪命，醒來後發現自己竟然身處東漢，附身在一個名叫高飛的小兵身上。為了在亂世中生存，一沒錢二沒勢的他，決定逆向操作，選定偏遠蠻荒的遼東作為他的發家之地，在所有人皆不看好他的慘況下，他充分運用自己靈活的生意頭腦，加上現代人擁有的科技知識，短短四年時間，終於打下一片江山，成為無人不知、無人不曉的燕王。

與此同時，曹操獨霸兗州、徐州、青州，而與高飛關係良好的孫堅，也在江東占有一席之地；獨有劉備仍寄身於袁紹帳下抑鬱不得志，眼看當今天子被馬騰父子玩弄於鼓掌之中，他以皇室血統自豪卻無能為力，狼煙乍起，各方皆是蠢蠢欲動，未來的三國局勢將會如何發展？

時勢造英雄，在三國這個萬眾矚目的舞臺上，今日的盟友也許正是明日的敵人，誰又能奪得入主中原的門票？在群豪中獨占鰲頭，成為最後的霸主？

且看本公司最新出版的《三國疑雲》，一解你的三國揭秘之渴。

目錄

前情提要

他本叫唐亮，因為酒駕喪命，離奇穿越到三國，變身成一個叫高飛的人。高飛是涼州隴西人，黃巾起義後，在北中郎將盧植帳下擔任前軍司馬。

當時的大漢，大將軍何進殺害了董太后和皇子協，遠在涼州的董卓招攬羌胡，攻入京城，成為壓死駱駝的最後一根稻草，大漢因而名存實亡。各地草莽英雄皆畫地為王，高飛則是獨具隻眼，拒絕了朝廷的官職，從荒蕪的遼東白手起家，將遼東建設成一片樂土，加上平定烏桓等外族侵犯，四方流民紛紛歸附。

為了討伐董卓，他率眾攻入洛陽皇宮，意外得到傳國玉璽，而後回到遼東，著手處理高句麗與三韓的問題。憑著機智的頭腦，他一路過關斬將，還幸運的延攬到趙雲、龐德、周倉、太史慈及荀攸、賈詡等諸多文武人才，逐漸嶄露頭角。鉅鹿澤一戰，燕軍以五千鐵浮屠剿滅趙軍九千多人，更使他聲名大噪！

唯一令他遺憾的是，劉備不願屈居他的旗下，劉備因高飛拒絕

前情提要

出兵救援徐州，使他丟掉徐州這塊將要到嘴的肥肉，兩人心結日深，甚至埋下殺意。高飛和劉備的恩怨有辦法化解嗎？諸葛亮、龐統、周瑜……許多知名人物即將華麗登場，他們又會在高飛的版圖大業中扮演什麼樣的角色呢？

值此天下大亂之際，曹操、孫堅、袁術等人各自占地一方，以戰神自豪的呂布野心也昭然若揭，與高飛在河北纏鬥不休，正所謂一山難容二虎，為了解決這個心頭之患，高飛一方面號召眾人討伐呂布，一方面派出謀臣郭嘉進行臥底行動，極力遊說呂布轉往洛陽。

究竟郭嘉的無間道任務能不能順利完成？而高飛與呂布在洛陽的這場世紀對決，又是誰會勝出？精彩好戲馬上登場！

第一章

圍魏救趙

高飛經過一番思考後，決定採用圍魏救趙的策略，他不去直接救援濟南城，而是帶兵從鄴城沿著東南而下，直取曹操的東郡。東郡地處兗州，兗州又是曹操的根本，與濟南城相比，孰輕孰重，他覺得曹操應該能夠衡量的過來。

烈日高懸，臧霸站在濟南城的城樓上，眺望著城外插滿「魏」字大旗的軍營，心裡是無比的羞愧。

「大哥，已經三天了，曹操只圍城不攻城，到底有什麼用意？」昌狶站在臧霸的身邊，不解地道。

臧霸嘆了口氣，看著昌狶、尹禮、吳敦、孫觀、孫康五位結拜兄弟，略帶愧疚地道：「曹操頗會用兵，我自愧不如，害得你們也跟著我一起被圍困，心中總覺得愧對你們。若是我兄弟有一人在外，曹操何敢如此猖狂？」

昌狶五人都沒有說話，在心裡卻將曹操罵了不知道多少遍。

就在幾天前，曹操追擊袁譚，受到臧霸在黃河渡口的堵截，率部返回黃河南岸，由於幾天時間裡都和袁譚在激戰，士兵疲憊不堪，無奈之下，只能暫時駐紮在祝阿縣野井亭一帶休整。

讓曹操沒有想到的是，臧霸卻率部南渡，瘋狂地搶占濟南郡各縣，而先行過河的魏延也占領樂安郡。

曹操不用問，就知道這是高飛的暗中授意，當機立斷，立刻發兵濟南城，將僅有一千人的臧霸圍困在濟南城裡，又故意放出消息，讓駐守在濟南其他各縣的兵馬前來支援臧霸，只一天時間，萬餘名燕軍士兵便從濟南各縣前來支援臧霸。

曹操讓部下故意放這些士兵入城，等到燕軍全部入城後，他便立刻採取行動，在濟南城東、西、南、北四門各立下一座營寨，並且築起一道土牆，將燕軍全部包圍在濟南城裡，卻只圍不打。又讓人假扮燕軍斥候，到冀州去給高飛送信，目的就是想逼迫高飛主動讓出青州。

正當臧霸、昌狶、尹禮、吳敦、孫觀、孫康等人還在心裡謾罵曹操，卻又不知道該如何應對的時候，便見從魏軍的營寨裡馳出一匹快馬，那匹快馬的馬背上馱著一位重量級的人物，體型寬大健壯，一臉的橫肉，正是曹操帳下的貼身近衛許褚。

許褚單馬奔馳到離護城河還有一段距離的時候停了下來，然後用他那聲如洪鐘的嗓音大聲喊道：「我乃魏侯帳下宣義校尉許褚，城中的臧霸給我聽著，魏侯一向待人寬厚，又愛惜人才，只要你肯出來投降，魏侯一定會重用你的，而且之前和我軍的恩怨一筆勾銷。你們已經被我軍團團包圍住了，根本沒有突圍的希望，何必做無謂的掙扎呢？」

臧霸見許褚前來勸降，朗聲道：「請你轉告魏侯，我已經選擇了燕侯，就不會背棄他，你少廢口舌了，我是不會投降的，魏侯要是有能耐的話，不妨來攻城試試，我臧霸和燕軍一萬多名將士願意和此城共存亡！」

許褚聽到臧霸的回答，皺了下眉頭，轉身策馬回到魏軍的大營。

魏軍大營，曹操看到許褚一臉沮喪地回來，便知道結果為何了，對戲志才道：「臧霸是一員良將，只可惜不能為我所用，派去冀州通知高飛的斥候回來了沒有？」

戲志才回道：「尚未歸來，主公還需等待一會兒，濟南城裡沒有多少糧草，只要再圍上幾日，城中便會斷糧。另外，斥候來報，魏延率部從樂安郡前來馳援臧霸，主公準備如何對付此人？」

「魏延？」曹操問：「何人也？」

戲志才道：「就是前些日子跟許攸一起到昌邑的那個隨從，聽說他也是燕雲十八驃騎之一……」

「原來是他，那小子看起來倒是有幾分威武，若魏延到來，還用老辦法，放他入城，再行包圍，管他有何能耐，都讓他和臧霸一起餓死在濟南城裡。」曹操令道。

戲志才道：「屬下明白，屬下這就去吩咐李典、樂進二人。」

曹操點點頭道：「**是高飛不仁在先，說好了我取青州，他卻派遣臧霸來攪亂，就別怪我不義了**。軍師，派人去趟臨淄城，讓劉備到這裡來，隨我一同攻取濟南城。」

戲志才道：「主公英明！」

官道上煙塵滾滾，高飛騎著烏雲踏雪馬在前，身後趙雲、黃忠、徐晃、龐德，連同兩萬騎兵緊緊相隨，萬馬奔騰的場面十分壯觀，所過之處人皆避之。

「我軍現在到哪裡了？」高飛一邊策馬狂奔，一邊問道。

趙雲的家鄉在常山真定，對冀州和周邊州郡的地理很熟悉，當即答道：「啟稟主公，我軍剛過繁陽縣。」

「離頓丘還有多遠？」高飛又問。

趙雲道：「不足百里，大約午後能到。」

高飛回頭看了一眼身後跟隨的騎兵，見他們的臉上都帶著疲憊，當即道：「傳令下去，讓大軍暫時停靠路邊休息片刻，奔波一夜了，他們也該累了。」

「諾！」

一聲令下，全軍停止前進，兩萬騎兵在官道兩旁的樹蔭下小憩片刻。

高飛坐在大樹下，抬頭看了眼天空中的烈日，覺得有點目眩，急忙垂下頭，取出水囊，「咕咚咕咚」的喝了好幾口水，這才解去一些暑氣。

昨夜，高飛接到臧霸的急報，得知曹操將臧霸圍困在濟南城後，便立刻做出決定，下令全軍連夜撤退，他自己帶著趙雲、黃忠、徐晃、龐德和兩萬騎兵，將剩餘的兵馬全部交給賈詡，讓賈詡帶著兵馬回信都進行休整。

他本想用臧霸占領的濟南、樂安兩郡來換取曹操的東郡九縣，卻不想信令剛發出一天，便接到臧霸被曹操包圍在濟南城裡的消息。

高飛經過一番思考後，決定採用**圍魏救趙**的策略，**他不去直接救援濟南城，而是帶兵從鄴城沿著東南而下，直取曹操的東郡**。東郡地處兗州，兗州又是曹操的根本，與濟南城相比，孰輕孰重，他覺得曹操應該能夠衡量的過來。

經過一夜的奔波，高飛已經臨近頓丘，準備以迅雷不及掩耳之勢襲取曹操在黃河以北的東郡九縣。

正當眾人都在休息的時候，前方的官道上馳來一匹快馬，馬背上的人還纏著帶血的繃帶，正是傷勢漸有好轉的卞喜。

卞喜在探聽鉅鹿澤消息的時候身受重傷，經過一個多月的調養，傷勢漸漸好轉，所以一下床，便立刻投入工作中。

卞喜翻身下馬，抱拳道：「啟稟主公，前方情況已經探明，東郡太守夏侯惇將兩萬大軍屯駐在濮陽城，守衛頓丘的是夏侯惇的部將蔡陽，此人武力過人，刀法精湛，是夏侯惇部下的一員得力戰將。」

高飛不置可否地道：「匹夫一個，不足為慮。蔡陽在頓丘有多少兵馬？」

「頓丘乃東郡的北門，和濮陽隔河相望，所以夏侯惇給蔡陽八千馬步軍，讓他重兵防守此地。」卞喜回道。

高飛又問：「其餘黃河北岸的各縣可有魏軍兵馬？」

卞喜道：「東武陽、發干、聊城、博平、陽平、樂平六縣人口稀少，又北臨冀州、東接青州，除了東武陽有五千兵馬外，其餘各縣皆無甚兵馬，而且各縣均搖擺不定，時而聽從袁紹號令、時而聽從曹操號令。」

高飛叫道：「徐晃！」

徐晃快步走到高飛面前，道：「屬下在！」

「我給你五千騎兵，你去收取東武陽、發干、聊城、博平、陽平、樂平六縣，必要時，可以讓清河太守張南出兵相助。」高飛道。

徐晃「諾」了聲，道：「屬下定當不負主公厚望。」

高飛對卞喜道：「再去打探頓丘消息，午時三刻我軍便可趕到頓丘，你的傷勢尚未痊癒，帶著部下在那裡等我即可，不必再來回奔波了。」

卞喜感動地道：「多謝主公關心，屬下這點小傷算不上什麼，能夠為主公效力是屬下的福氣。」

高飛道：「好了，休息夠了，是時候該啟程了。」

隨後，卞喜先行離開，徐晃點齊五千騎兵之後便與高飛告別，向東而進，高飛則帶領著趙雲、黃忠、龐德和一萬五千騎兵沿著官道奔赴頓丘。準備先破頓丘，再攻濮陽，迫使曹操從濟南城下撤兵。（作者按：本文中的黃河所指的是黃河古道，和現在的黃河位置不同，歷史上黃河曾經多次改道，幾經波折才形成如今的黃河河道，和東漢末年的黃河河道相去甚遠，筆者在此特別說明。）

濟水河畔的官道上，魏延帶著僅有的兩千騎兵從樂安一路向濟南趕去。

青州。

他剛剛占領樂安郡的臨濟城，便收到臧霸被曹操大軍包圍的消息，他想都沒想，立刻調集了兩千騎兵前來支援。

從臨濟城到濟南城，魏延帶著郭英、陳適二將和兩千騎兵沿著濟水一路向西，奔波許久，才漸漸接近濟南城。

魏延快馬加鞭，一馬當先地衝在最前面，遙見對面奔來一個斥候，便放慢速度，朗聲問道：「前方有何動靜？」

斥候回報道：「啟稟將軍，曹操大軍已經將濟南城圍得水泄不通，四門皆有營寨，並築起了土牆擋在護城河外。」

魏延急忙道：「有什麼可疑的地方嗎？」

斥候想了想，道：「並無可疑之處，只是魏軍圍城，並不攻打城池，似乎在等待什麼。」

魏延聽後，尋思道：「曹操圍而不攻，每每有人前來支援，都故意將其放入城中，然後再行合圍之勢，**這是要將所有前來支援的人全部圍死在城裡啊**。我魏文長才不會上你這種當呢，一旦進入城池，想突圍就難了，倒不如待在外面來得自在。」

郭英見魏延陷入思考中，又道：「將軍，此地離濟南城不足三十里，若我軍偷襲曹操背後，必然能夠使其大亂，臧將軍在城中見了，一定會帶兵出來接應的，我軍裡外夾擊，定然能使得曹操大敗而歸。」

陳適聽了，也覺得此法可行，拱手道：「將軍，郭校尉說得極是，請將軍下令吧。」

魏延卻搖頭道：「不！我見過曹操，這個人城府極深，肯定不會輕易將自己的弱點暴露出來，他圍而不攻，只是**在用濟南城當做魚餌，想誘使主公到此來援**

救濟南。而且主公曾經說過，曹操用兵有其獨到之處，我想再觀察觀察。」

「將軍，臧將軍被團團圍住，若是我軍還拖拖拉拉的話，只怕臧將軍那裡……」郭英急道。

魏延道：「放心，臧霸暫時不會有事，如果曹操真的是為了濟南城的話，早就率部攻打城池了，以他帶領的虎豹騎和青州兵的精銳程度來說，只要日夜不停地攻打，不出一日，必然能夠攻下濟南，可他沒有這樣做，而是選擇了待在原處，可見他的目的不是濟南，也不是臧霸，而是主公。」

魏延當即令道：「全軍散開，以五百人為一隊，去濟南城四門外溜達一圈，若是敵軍主動進行攻擊的話，就帶領士兵趕緊撤退，若是敵軍靜待原地，等待我軍進攻的話，便圍繞著城門轉圈，然後再聽我的命令行事。」

陳適、郭英皆是一頭霧水，不明白魏延為什麼要這樣做，也只能服從命令。

魏延手下戰將不夠，便臨時挑選出一個軍司馬，讓他暫時充當校尉，帶領五百騎兵，連同他和陳適、郭英，分別向四個城門而去。

曹操端坐在大帳裡，正閉目養神，腦中彷彿在思考著什麼，他面前的桌案上擺放著一套茶具，茶壺居中，東西南北四個方向各放了一個茶杯，東邊的位置上還放了一支湯匙。

這時，一員身穿重鎧、頭戴銅盔的將軍走了進來。

那將軍面色和潤，身材健碩魁梧，臉上掛著笑容，一進大帳，便歡喜地道：「主公，魏延來了！」

曹操閉著的雙眼突然睜開，從眸子裡射出兩道精光，道：「子廉，魏延帶了多少兵馬？」

那被曹操叫做子廉的將軍不是別人，正是**曹洪**，是曹操的宗族兄弟，曹仁的弟弟，在曹操起兵時，便和曹仁一起跟著曹操了，深得曹操的信賴，也是曹操帳下一員大將。

他徑直走到曹操面前，抱拳道：「主公，魏延帶的只有兩千騎兵，屬下願意請命去將他斬殺，以振我軍軍心。」

曹操道：「殺雞焉用牛刀，此事我已經交給李典、樂進二人去辦了，與其殺散魏延，不如放魏延進城。濟南城裡的糧草應該所剩無幾了，如果再多出兩千人來，不用我軍動手，他們用不了多久就會活活餓死在城裡了。」

曹洪聽後，豎起大拇指，恭維道：「主公智謀過人，屬下佩服。」

曹操笑道：「子廉，你也不能總是打打殺殺的，有時間的話，也該學學子孝，鑽研一下兵法，為將者若是不懂得用兵之道，只會一味衝殺的話，那和匹夫有什麼區別？」

曹洪聽到曹操的說教，不耐煩地道：「嗯，主公教訓的是，有時間的話，我一定會看兵書的。」

曹操嘆了口氣，道：「我最擔心的就是你和妙才了，你不習兵法，只知道無畏的衝殺，以後怎麼能成為我魏軍中獨當一面的大將？妙才為人性急，三日五百，六日一千，雖然常有出人意料之舉，但他若是一味冒進，必然會吃虧。等結束青州之行，你們兩個就暫時罷去兵權，好好的在家修身養性。」

曹洪一聽這話，心中老大不爽，當即道：「主公要罷我兵權可以，但是請一併罷黜所有將軍的兵權吧，主公智勇雙全，堪稱當世無雙，可未必人人都如同主公一樣，似我這樣的人多不勝數，主公何不一起罷黜了，然後自己指揮所有兵馬打仗？」

曹操聽曹洪說了氣話，便笑道：「子廉不要見怪，我這也是為你好。你可別忘了，我的命是你救的，若不是當初在敖倉你把你的座下馬給我，我早就死在李儒的手上了。你一個人再怎麼勇猛，也只不過是一個人，能殺得了一千人？**所謂的用兵之道，就是要教你如何以少勝多，以弱制強**。我軍兩萬，趙軍五萬，若袁譚如我一樣會用兵的話，我軍肯定會全軍覆沒，又怎麼會被我軍打敗呢？」

曹洪聽曹操說了一番大道理，抱拳道：「屬下受教了，我會學習兵法的。」

「嗯，去吧，緊守營寨，沒有我的命令，不准隨便亂動，另外派遣斥候嚴密監視魏延的一舉一動。」

「諾！屬下告退！」曹洪悻悻地離開了大帳。

曹操看著曹洪離去的背影，搖搖頭，輕嘆了口氣，道：「但願你能聽得進去，以後你就會明白，我這番話絕對夠你受用一生的。」

「主公——」

從帳外又進來一員將軍，那將軍濃眉大眼，方臉長鬚，魁梧的身材走起路來顯得極有威嚴。

「魏延的部下突然分成了四隊，以五百人為一隊，分別馳向東、南、西、北四個城門，並且與我軍相距甚近，只是在外圍奔馳，卻不進攻，李典、樂進不知道該如何是好，還請主公示下！」

曹操看了眼面前擺放的茶壺、茶杯和湯匙，又拿來三支湯匙，分別放在三個不同的位置上。看著走進來的那個將軍，道：「文則有何見解？」

這人**姓于名禁**，**字文則**，乃是泰山郡鉅平縣人，最先跟隨濟北相鮑信征討黃巾，鮑信戰死之後，便隨同鮑信舊部歸附曹操，被曹操任命為軍司馬。在跟隨曹操征戰青州黃巾時屢建功勳，很快便被曹操提拔為將軍，是曹操帳下少有的一員外姓大將，**與夏侯惇、夏侯淵、曹仁、曹洪四人並掌曹操帳下五部兵馬**，可見曹操對其十分的重視。

討伐董卓時，曹操率領半數兵馬在陳留會盟，留下于禁、戲志才把守兗州，可見曹操對他也是十分的信任。

于禁聽到曹操問計於他，又看了一眼曹操面前擺放的茶壺、茶杯和湯匙，立刻明白過來，向前走了幾步，拱手道：「魏延分兵四門，在士兵面前耀武揚威，無非是想試探我軍，想知道我軍的意圖。屬下以為，可令四門兵馬齊出，佯裝攻殺，驅走魏延兵馬之後，再靜觀其變，然後方可做最後定奪。」

曹操笑道：「文則和我的想法一樣，你即刻去傳令，你和李典、樂進、曹洪各帶一千士兵追殺魏延部下，既然要做，就要做到逼真，做到萬無一失。」

于禁抱拳道：「屬下明白，屬下這就去傳令。」

話音落下，于禁轉身離開了大帳。

曹操扭頭對站立在他身後的許褚道：「上次你在昌邑不是想殺掉魏延嗎？」

許褚握緊拳頭，臉上一喜，道：「主公，這次我能殺他嗎？」

曹操笑道：「你且去試試他的身手，若是他能達到曹洪的那種水準，就留下他。」

許褚摩拳擦掌道：「諾，屬下明白了。」

魏延帶著五百騎兵來到東門，看到樂進帶著士兵嚴陣以待，便步步為營，一點一點地逼近樂進，同時讓士兵做出一番耀武揚威的舉動。

可是，樂進十分地冷靜，沒有曹操的命令，他不敢動彈，看到魏延和其部下在不遠處叫囂，既不反駁，也不進行攻擊。

魏延看到樂進的異常冷靜，心中便已經明瞭啦，他冷笑了一聲，對部下道：「我大致知道曹操的意圖了，暫時撤……」

「魏延休走！」許褚一聲大喊打斷了魏延的話，提著大鐵錘策馬向魏延奔馳而來。

魏延背過頭，看到許褚來了，皺起眉頭，心中想道：「這個死胖子怎麼來了？」

他知道典韋、許褚乃曹操帳下的兩員猛將，打量了許褚一眼，便頭也不回的帶著部下迅速離開了戰場。

許褚見魏延不理他，心中頓時生出一股怒氣，喝道：「魏延匹夫，無膽匪類，有本事別走，和你爺爺我大戰一場！」

可是魏延臉上只浮出一抹淡淡的笑容，根本不理睬許褚的話，就彷彿這個人不存在一樣。

許褚氣急敗壞，好不容易奔跑到樂進的陣營前，他覺得騎馬還不如他跑得快，便翻身下馬，提著大鐵錘便要追魏延而去。

樂進見狀，急忙策馬而出，擋在許褚的面前，橫起長槍喝阻道：「許將軍莫要衝動，那魏延乃是故意激你，追之必中埋伏。」

于禁騎著快馬奔馳過來，見許褚、樂進都在，而燕軍已經消失得無影無蹤，便問道：「魏延呢？」

樂進答道：「魏延早跑了，主公有何命令？」

于禁嘆了聲道：「我來遲一步。主公命我等主動出擊……」斜眼看了看許褚，問道：「許胖子，你怎麼在這裡？」

「哼！」許褚瞪了于禁一眼，沒好氣地道：「都是你，比我先一步出來，卻比我晚一步到，你要是早一點到，魏延就跑不掉了。」

于禁臉上一陣窘迫，見許褚提著大鐵錘，牽著馬大搖大擺地走了，便問樂進道：「他這是怎麼了？」

樂進笑道：「他向魏延搦戰，魏延對他不理不睬的，大概是生氣了。」

于禁道：「算了，跑就跑了，其餘三門都已經出兵了，目的也算達到了，剩下就看你和李典的了，務必要做到真實，把魏延弄進城裡後，一切就好辦了。」

樂進道：「諾！」

隨後，東門防守一切恢復正常，于禁策馬而走，樂進留下守營。

濟南城的城樓上，臧霸看得很清楚，他見魏延來而又返，心裡暗道：「魏延似乎看破曹操將他引進城的伎倆，這樣也好，省得被曹操一鍋端了，有他在外面，我軍突圍的話，應該不難。」

魏延向後撤兵十里，來到預先約定好的地點，聽說其他三門的魏軍都發動了攻擊，冷笑道：「不過是雕蟲小技，這次我要讓曹操好看。」

陳適、郭英道：「將軍有破敵之策？」

魏延點點頭道：「大致了然於胸……你們看……」

他抽出腰中的佩劍，在地上畫了個四方形，又在方塊四周畫上四個小四方形，然後用劍尖點著大四方形道：

「這是濟南城，城中應該有一萬人，**魏軍不攻城，只圍城，就是看中濟南城**

中缺乏糧草，想等到城中斷糧，再行攻擊。這四個小方塊則代表著魏軍的四座大營，曹操必然在其中一座大營裡，只要夜襲營寨，殺敗曹操，趁敵軍群龍無首之際，臧霸必然會率部突圍，到時候裡應外合，前後夾擊魏軍，必然能夠救臧霸脫困，然後合兵一處，退回平原即可。」

陳適、郭英二人聽得糊裡糊塗的，齊聲問道：「將軍如何知道曹操在哪一座大營裡？而且我軍偷襲營寨的時候，城中的臧將軍又怎麼會知道時間，然後配合我軍呢？」

魏延笑道：「反正曹操不會在東門，不然的話，許褚應該從東門外的營寨出來，而非從其他方向趕來。另外，臧將軍通曉兵法，我白天去而復返，故意在敵軍面前耀武揚威，就是做樣子給他們看的，我要讓城中的將士知道，在外面還有一支部隊在接應著他們。我想，現在濟南城的城樓上應該站滿了密密麻麻的士兵，而且在密切關注四個城門的動向，一旦得知我軍發動夜襲，就會給予我們支援，配合我們一起夜襲敵軍營寨。」

陳適道：「將軍高見，屬下佩服。不過，曹操不在東門，那他在哪個城門呢？」

「這個簡單，你們兩個帶領兵馬駐守在這裡，遇到什麼情況的話，只退不戰，我親自去確認一下曹操所在的大營，然後才能做到擒賊擒王。」魏延胸有成竹地道。

郭英好奇地問道：「將軍獨自一人怎麼確認？」

魏延笑而不答，翻身上馬，一提馬韁，對陳適、郭英二人道：「等我好消息。」話音一落，一拍座下戰馬，立刻飛馳而去。

只是，他這次不是去東門，而是繞道去了南門。

濟南城的南門外。

李典率領三千青州軍駐守此地，營壘卻建造的能夠容得下五千人，而且旌旗飄展，這種虛張聲勢的辦法，使得從外面看過去像是有五千人的兵力。

魏延先解決了三個魏軍斥候，躲在離軍營不遠的小樹林裡，遠遠地朝大營裡望去，仔細觀察了一番，除了看到青州軍的雄壯外，其餘的什麼也看不到，就連領兵將軍李典站在什麼位置，他都看不出來。

他覺得這樣守株待兔不是辦法，突然靈機一動，策馬出了樹林，朝著魏軍大聲喊道：「許胖子何在，出來跟我大戰三百回合！」

聲音傳入魏軍的耳裡，李典穿著普通士兵的盔甲，站在士兵的隊伍中，望見魏延一個人來門前叫囂，心中生疑，暗道：「此人背後必然埋伏了士兵，否則不會如此大膽的在此叫喊，我還是不宜亂動為好。」

魏延見軍營裡沒有反應，又接著喊道：「許胖子，你這個縮頭烏龜給我滾出來，老子今天要用手中的大刀將你的狗頭砍掉……」

仍是沒有人回答。

魏延尋思了一下，估計許褚不在這個營寨裡，便又轉到了西門。

西門由于禁負責把守，他可沒有李典那種顧慮，見魏延單刀匹馬的在陣前叫喊，立刻跨上馬，帶著二百名騎兵便衝了出去。

魏延見于禁來追，掉頭就跑。于禁追了兩里後，見魏延消失的無影無蹤，便不再追，退了回去。

魏延趁機轉到北門，在暗處偷看了一眼，見虎豹騎在營中絡繹不絕，立刻心想：「曹操應該在這裡……」

他為了進一步確認曹操的所在地，便來到營寨前，大聲喊道：「許褚你這個死胖子，快給我滾出來，典韋你這個縮頭烏龜，快點給我爬出來，老子要用手中的大刀將你們兩個人的頭顱砍下來當胡凳坐，老子……」

話還沒有罵完，便遙遙望見一個體型寬大的漢子從營帳裡出來，正是許褚。

許褚怒火中燒，看到魏延像見到小雞的惡鷹一般，隨手抄起一個兵器，又搶下一個虎豹騎的馬匹，便向營外奔馳，一邊奔跑，一邊還罵道：「娘希匹的！老子今天要宰了你！」

典韋看到許褚一馬當先地衝了過去，冷笑道：「許胖子要大開殺戒了！」

魏延見許褚氣急敗壞地衝了過來，非但不害怕，反而叫罵的更加厲害。

他斜眼看到曹操也從營帳裡走了出來，便急忙道：「死胖子，你動作太慢了，爺爺不跟你玩了！」話音一落，掉頭就跑。

許褚揮著長刀在後面追趕，喊道：「你爺爺的！有本事別跑！」

魏延邊跑邊大聲罵道：「不跑的就不是你爺爺，你要是有本事的話，就跟我來，爺爺我定教你有來無回。」

「你爺爺的！老子怕個求?!」許褚藝高人膽大，早在魏延陪同許攸到昌邑的時候，他就看魏延不順眼了，現在魏延百般辱罵他，他再也忍不住了，當即便追著魏延跑了出去。

魏延見許褚鍥而不捨地追了過來，嘴角揚起一抹笑容，他已經知道曹操的所在了，根本沒有必要去理會許褚，在座下戰馬的屁股上狠狠地拍打了一下，馬兒轉過一片樹林，一溜煙的功夫便消失了。

許褚策馬狂追，見魏延單人單騎，加上藝高人膽大，便不假思索地尾隨著魏延。然而剛走進樹林邊的道路，便見一支箭矢朝他射來。

他大吃一驚，急忙舉起手中的長刀，只聽一聲脆響，箭矢撞在寬闊的刀面上，被格擋了下來。不遠處，魏延騎在馬背上，手中握著長弓，正一臉邪笑地看著許褚。

「你爺爺的！竟然放冷箭？你給老子等著，看老子怎麼收拾你！」許褚怒道。

魏延一邊向後撤退，一邊回頭張望，見許褚凶神惡煞般緊緊尾隨在後，心裡想道：「你再怎麼厲害，終究還是一個人，你要是一直追著我過來，我就不信兩千騎兵還圍不死你！」

「你爺爺的，有種你別跑！」許褚舉著手中的長刀，不停的叫囂著。

此時許褚沒有攜帶他的大鐵錘，在一定程度上減輕了馬匹的負重，使得馬匹能夠快速的向前奔跑，一直追著魏延而去。

濟南北門外的魏軍大營裡，曹操見許褚單馬追著魏延去了，心裡有些放心不下，便對身邊的典韋道：「你帶一百名虎豹騎去接應許褚，這個胖子肯定會吃虧，務必要將許褚給安全的解救回來。」

典韋翻身跳上一匹駿馬，身後帶著一百名虎豹騎，朝曹操拱手便道：「主公放心，屬下一定將許胖子安然無恙的帶回來。」

話音落下，典韋帶著一百名虎豹騎策馬出營，在經過寨門時，看到曹洪守在那裡，便朗聲道：「曹將軍，主公就交給你看護了！」

曹洪不屑地道：「切！還用你說！」

典韋知道曹洪的脾氣，沒有理會，一扭頭，便沿著魏延逃走的方向追了過去。

第二章

隔岸觀火

高飛笑道：「將軍不必那麼著急，當務之急是儘快收拾冀州殘局，將呂布趕到中原，讓呂布去禍害中原的各個諸侯，我軍隔岸觀火，坐山觀虎鬥，豈不美妙？」

趙雲抱拳道：「主公下令吧，該怎麼做，屬下單憑吩咐！」

魏延在前，許褚在後，兩人一前一後的策馬狂奔，一路奔馳了五六里。

「這個死胖子，還真跟我較上勁了？」魏延背過頭，看了眼身後的許褚，暗暗想道：「好吧，今日我就讓你死無葬身之地！」

「魏延，你爺爺的跑什麼跑，你不是要斬我的頭嗎，老子就讓你斬，你來啊，有本事你別跑啊……」許褚看魏延就在前面不遠，可惜就是追不上，心裡堵得慌，不停地在後面亂叫。

魏延要比許褚顯得沉穩許多，若擱在以前，估計他還真會和許褚鬥上一番，不過自從他給臧霸當副將後，就下定決心做一員獨當一面的大將，而不是只會衝鋒陷陣的人。他知道許褚的武力不低，自己單打獨鬥沒有什麼把握，便一心將許褚引入自己部下的聚集地，準備一起攻殺。

魏延一路狂奔，見正前方停著一支燕軍的兵馬，陳適、郭英靜候在那裡，他的臉上現出喜色，大聲道：「陳適、郭英，率部跟我來，斬殺許褚者，重重有賞！」

許褚正追趕時，見前方停著一支燕軍騎兵，而且人數眾多，急忙勒住馬匹，又見魏延帶著那撥騎兵回殺而來，這才覺得自己有點勢單力薄，急忙調轉馬頭往回跑。

魏延見許褚要跑，急忙喊道：「陳適左翼，郭英右翼，切莫跑了許褚！」

陳適、郭英立刻帶著五百騎分散在兩翼，從兩翼包抄。

許褚一邊向前跑，嘴裡一邊罵道：「你爺爺的！不敢跟我單打獨鬥，卻用這麼多人來害我，老子必須趕快回去帶兵才……」

話沒說完，許褚座下的戰馬突然馬失前蹄，將許褚從馬背上掀翻了過去。他大叫一聲，整個人便摔在了地上。

魏延見許褚翻倒在地，臉上大喜，舉著手中的眉尖刀，指著許褚喊道：「天助我也！斬殺許褚者賞千金！」

只這一瞬間的變化，兩千名燕軍騎兵立刻將許褚包圍起來，先到的幾個騎兵舉著馬刀便衝著許褚殺了過去。

許褚從地上爬起，見勢不妙，急忙扭轉身子，鋒利的刀鋒從他的面前堪堪削了過去。他雙手也沒有閒著，左手將經過身邊的騎兵拉了下來，右手長刀揮出，格擋下另外幾名騎兵的攻勢，驚險躲過一劫。

「閃開！」魏延縱身從馬背上跳了下來，刀鋒直接朝許褚的天靈蓋劈了下來。

許褚一扭臉，見魏延凌空舉刀劈下，腳步急忙向外踏了幾步，驚險地躲過魏

延的一記猛擊，魏延的眉尖刀狠狠地劈在地上，將地上劈出一個大大的口子。

許褚心中暗叫「好險」，手中長刀順勢朝魏延的軟肋便是一陣猛砍。

「錚！」一聲金屬碰撞的聲音，兩人的兵器撞在一起，四隻眼睛惡狠狠地瞪著對方。

「你個無膽匪類，只會以多欺少，算什麼英雄好漢?!」許褚吃力的握著刀柄，刀刃在魏延的眉尖刀刀柄上緩緩地滑動著，發出滋滋的響聲，瞪著魏延叫道。

魏延雙手握著刀柄，格擋許褚的刀鋒，感受到從未有過的巨大力量向他加壓過來，嘿嘿地乾笑兩聲：「我不是什麼英雄，也不是什麼好漢，只要能殺得了你就行！」

「哼！就憑你？想殺我，還早了點！」許褚自信滿滿地道。

魏延陰笑著，目光卻突然轉向許褚的背後，因為他看到陳適正綽槍而來，槍尖直接刺向了許褚的後腰。

許褚早有不祥的感覺，眼看危險就要來臨，雙臂上的青筋突然暴起，用盡力氣將魏延猛地向後推去，同時急忙轉身，長刀撥開陳適刺來的長槍，刀鋒順勢沿著長槍向上，一刀將陳適的右手給砍斷，鮮血濺了他一臉。

陳適痛得哇哇亂叫，騎著馬向前跑了一段路後，便從馬背上掉了下來，幸好有部下接著，才不至於摔傷。

魏延被許褚的大力給推開，接連後退了好幾步，急忙用刀柄拄著地，才勉強止住繼續後退的力道。

他看到陳適斷手，暗自佩服道：「這傢伙好大的力氣啊！」

許褚身陷重圍，目光不停閃動，保持著警惕。

「一起上，殺了他！」魏延見許褚非他一人能取勝，便抖擻了下精神，大聲道，前邊的士兵紛紛跳下馬背，舉著兵刃便朝許褚衝了上去。

許褚虎目怒視，絲毫沒有一點懼意，看到士兵一擁而上，發出一聲巨吼，猛烈地揮動著手中的長刀，連續砍翻了五個士兵，刀鋒也因為和兵器頻繁的碰撞而變捲。

魏延見許褚一連殺了五個人，正要加入戰圈，卻看到軍隊後面一片大亂，典韋手持雙鐵戟，帶著一隊一百人的虎豹騎衝殺了過來。

「許胖子！我來救你了！」

典韋帶著虎豹騎猶如勢如破竹，很快便殺到許褚面前，伸手將許褚拉上馬背，也不戀戰，帶著許褚和一百名虎豹騎快速地返回了。

魏延見典韋來去匆匆，所到之處就像無人之地，任何人都阻攔不住，嘆了口氣：「典韋、許褚不愧是曹操帳下的猛將，表現不俗，若不設法除去這兩人，只怕很難殺得了曹操。」

郭英帶兵欲追，魏延急忙叫道：「窮寇莫追，清掃戰場，夜晚開始對曹操發起襲擊，配合臧霸從城中突圍！」

「諾！」

典韋救了許褚，向前奔跑了數里路，見後面沒有追兵，這才稍稍放慢速度，停靠在路邊。

「韋哥，這次多謝你了。」許褚從馬背上跳了下來，慚愧地對典韋道。

典韋拍拍許褚的肩膀，道：「這次是你大意了，若論單打獨鬥，魏延絕不是你的對手，你太冒失，以至於差點喪生在魏延的包圍之中，若非我及時趕到，你絕無生還可能。」

許褚心服道：「韋哥，你教訓得是，以後我不會那麼莽撞了。」

典韋笑道：「江山易改本性難移，你若是變得如軍師那樣沉穩，你許胖子就不是許胖子了。既然沒有受傷，就隨我一同回去，主公應該在營寨裡等急了。」

許褚點點頭，道：「韋哥，魏延只有區區兩千騎兵，為何主公不派兵來將他收拾掉？」

「主公自有主公的想法，你和魏延交手了？」典韋問。

許褚道：「交手了，只短暫的兩三招而已，不過他實力確實不弱，不在曹洪將軍之下。」

典韋笑道：「很好，這樣一來，主公應該會有所定計的。此地不宜久留，隨我一起速速回營。」

兩人回到了營寨，一同走進曹操的大帳，便見戲志才、曹洪、于禁、李典、樂進都在，兩人徑直走到曹操的身後，侍立在曹操左右。

「主公，平原方面已經有動靜了，投降給高飛的趙軍大將蔣義渠就任平原太守，聽說主公將臧霸圍在濟南城裡，便立刻在黃河北岸的渡口做出了布防。另外，據斥候來報，冀州已經被高飛、呂布二人瓜分，他們兩個一人各占一半冀州，如今鄴城已經成了呂布的屬地，燕軍則返回信都，不過高飛的動向並未探明。」戲志才將剛才接到五個斥候的密報，一起說給曹操聽。

曹操聽後，臉上沒有任何表情，只輕描淡寫地道：「袁本初敗於高飛之手也屬正常，只是**我搞不懂高飛為什麼要將半個冀州給呂布呢？**」

「據說是為了答謝呂布出兵相助。」曹洪回道。

戲志才道：「不！我軍也出兵了，可是最後卻是暗中得到高飛授意的臧霸在青州肆虐，而呂布得到了半個冀州，**這其中一定有什麼陰謀**。」

曹操點點頭，贊同道：「我也覺得有什麼陰謀，只是一時未能看透，高飛寧願捨棄半個冀州，卻非要在青州來進行爭奪，這事實屬罕見。」

戲志才道：「那主公的意思是……」

「以不變應萬變，你派人去濟南城下，就說我要親自見一見臧霸，我要知道高飛的想法和心思，因為現在我軍還不是和燕軍翻臉的時候，青州的事情，可以算作是一個誤會。」曹操朗聲道。

戲志才道：「諾，屬下這就去辦。」

曹操擺擺手對眾人道：「諸位且退下，緊守各寨，若外界再有什麼騷動，可自行處理，不必稟告我。」

曹洪、于禁、李典、樂進一起抱拳道：「屬下告退！」

大帳中瞬間只剩下三個人，曹操看了看滿臉血污的許褚，問道：「仲康可曾受傷？」

許褚道：「屬下愧對主公，沒有將魏延人頭取回。」

曹操笑道：「無妨，魏延不足為慮，區區兩千兵馬，掀不起什麼大風浪。你可和魏延交手？」

許褚道：「雖然只有幾招，但是屬下以為魏延的武力不在曹洪將軍之下。」

曹操道：「從他今天引誘你的事來看，這個人倒是有點腦子。仲康，你先休息一番，改日我再讓你去擒住魏延，算是給你出口惡氣，怎麼樣？」

許褚抱拳道：「多謝主公！」

典韋見許褚走了，對曹操道：「主公，你可是打算要活捉魏延嗎？」

曹操道：「只要是高飛所招攬的人才，我都要想辦法弄到手，不管用什麼方法，**我要讓高飛知道，我已經不是當年的曹操了，我是天下人的曹操，天下都要臣服在我的面前，包括他高飛。**」

典韋聽到曹操這番慷慨激揚的話，心中暗道：「有如此主公，我典韋夫復何求？」

臧霸在城樓上等候著，身邊站著糧草官，臉色顯得十分難看，皺著眉頭道：「真的只有這麼多了嗎？」

糧草官點點頭：「啟稟將軍，最多維持一天，明天之後，我軍就會陷入斷糧的困境。」

臧霸擺擺手道：「好了，我知道了，你下去吧，這件事誰也別說，以免引起不必要的恐慌。」

「諾！屬下告退！」糧草官緩緩地下了城樓。

「大哥，城中尚有三千戶百姓，不如暫且向百姓借糧，待渡過這次危機後再加倍奉還。」昌狶獻策道。

臧霸搖搖頭道：「青州連年遭受戰火，百姓能有多少糧食？」

昌狶恨道：「怪只怪當初我和幾位兄弟中了那曹操的奸計，只想著帶兵來救援大哥，卻沒有想到將糧草一起帶來，以至陷入這個困境之中。」

臧霸突然笑道：「呵呵，天無絕人之路，魏延還在城外，相信會配合我軍突圍的，你去安排一下，讓士兵準備準備，今夜突圍。」

「諾！」昌狶迅速下了城樓。

臧霸眺望對面的魏軍大營，定睛見從營寨裡跑出一個騎馬的文士，便將目光集中在那個文士身上，心中暗道：「這不是曹操的軍師戲志才嗎？」

戲志才穿著一件長袍，臉色暗黃，形如枯槁的他騎在馬背上輕輕慢跑著，來到護城河邊，停住馬匹，向城樓上站著的臧霸拱手道：「臧將軍別來無恙？」

臧霸見戲志才親自到來，客氣地朝戲志才回禮道：「臧霸一切安好，只是先生似乎比一年前更加糟糕了？」

戲志才笑道：「多謝臧將軍關心，我這把老骨頭還能再撐個幾年。」

臧霸對戲志才並不陌生，當初曹操騎兵攻打徐州為父報仇的時候，就是戲志才獻的計策，占領了徐州不說，就連他也被打得大敗。

他見戲志才親自策馬而來，問道：「先生此來，絕非是為了敘舊吧？」

戲志才點點頭，道：「臧將軍說得不錯，我來這裡確實是有要事，我家主公想……」

臧霸不等戲志才的話說完，便打斷戲志才的話，朗聲道：「先生若是來勸降的話，就不必多費口舌了，還請回去，我臧霸是不會投降的。」

戲志才笑道：「臧將軍，我不是來做說客的。我只想告訴臧將軍，我家主公想和臧將軍單獨見上一面，不知道臧將軍可否同意？」

「曹操想見我？」臧霸狐疑道。

戲志才笑道：「正是。我家主公敬佩臧將軍的為人，說臧將軍是個忠義無雙的人，很想近距離一睹將軍的尊容，順便喝上兩杯小酒，敘敘舊，等敘舊完了，再開打不遲。」

臧霸聽後，心裡暗道：**「這曹操的葫蘆裡賣的是什麼藥？」**

「我和曹操沒什麼交情，也就沒有什麼好敘的了，他若來見我，便可自來，不必擺什麼鴻門宴。」臧霸堅決地回道。

戲志才道：「臧將軍又何必拒人於千里之外呢，我家主公擺的並不是什麼鴻門宴，只是想認識一下臧將軍而已。我家主公說了，這次是單獨會面，雙方均不能帶兵器和隨從，只有你和我家主公兩個人，臧將軍，難道這樣你還不放心嗎？再說，我家主公和你的主公是兄弟，感情深著呢，這次包圍濟南城，也是出於無奈，更是一場誤會，所以我家主公想化干戈為玉帛，兩軍商討一下，然後各自罷兵，豈不是很好嗎？」

臧霸尋思道：「曹操明顯已經占了優勢，只要再圍城一天，我軍就會斷糧，這不正是他所期望的嗎，**為什麼他這個時候要提出來見我商討？難道是主公率領大軍已經渡河，曹操害怕起來不成？**」

戲志才見臧霸沒回話，又問道：「臧將軍，你意下如何？」

臧霸想了想道：「好，你回去轉告曹操，就說我臧霸赴約，今日午時，濟南城下。」

戲志才得到臧霸的回覆，寒暄幾句便走了。

吳敦看著戲志才遠去的背影，忍不住道：「大哥，這是曹操的圈套，你不能去啊。」

臧霸道：「不管是不是圈套，我都不能讓曹操把我看扁了，正好我也想知道他想說些什麼，如果是真的願意和我軍繼續友好相處，而我拒絕的話，無疑是給主公多增加了一個敵人。」

吳敦聽後，也不再勸解，抱拳道：「我們都聽大哥的。」

戲志才回到軍營，將臧霸的答覆告知曹操。

曹操憾恨道：「這個臧霸，我是越來越喜歡他了，如果當初他來投靠我的話，青州、徐州就可以完全交給他鎮守了，現在倒好，反給自己找了個大麻煩。」

侍立在曹操身邊的典韋聞言道：「主公，那屬下把他給殺了。」

曹操笑道：「呵呵，以後有機會的話，一定讓你殺了他。」

曹操對戲志才道：「準備一個上等的酒宴，在營寨和城池間擺設一張桌子，我倒要看看，**高飛讓臧霸帶兵進青州的真正目的到底是什麼……**」

將近午時，戲志才已經照曹操的吩咐做好了安排，在濟南城和營寨中間設了一桌酒席。

臧霸站在城樓上向遠處眺望，只見曹操獨自一人，沒有攜帶任何兵器從魏軍營寨中走了出來。

「大哥，是曹操，他還真的是一個人來了啊。」吳敦指著遠處的曹操喊道。

臧霸看得仔細，當即吩咐道：「吳敦，你守衛此門，我出城一趟。」

吳敦道：「大哥多加小心！」

臧霸點點頭，下了城樓，把身上的武器全部解除了，讓士兵打開城門，放下吊橋，這才走出城門，朝曹操走了過去。

曹操已經坐在擺設酒宴的胡凳上，看著從對面走過來的臧霸，拱手道：「沒想到我們第一次如此近距離的見面是在這種場合下。臧將軍，別來無恙吧？」

臧霸客氣地拱手道：「承蒙魏侯關照，臧霸才得以存活至今。」

曹操聽出臧霸的話外之音，因為當時臧霸占據泰山時，曹操曾經多次派人去招降臧霸，但是臧霸堅持不從，他一怒之下便封鎖了泰山，想活活把臧霸餓死在山上。

他嘿嘿地笑道：「臧將軍，你我之間的那些舊事就別提了，一筆勾銷吧！」

臧霸道：「希望如此。不知道魏侯找我有何要事？」

「敘敘舊而已……」曹操端起桌上的一杯酒，遞給臧霸，「臧將軍請！」

臧霸面無表情，冷冷地道：「我和魏侯似乎一開始就是敵人，魏侯對敵我關係應該很清楚才對吧？」

曹操見臧霸不買賬，笑了笑，自行喝了一口酒，又拿起筷子將桌上的菜肴都嘗了一遍，這才緩緩地道：「放心，沒毒。我和臧將軍現在可以算是好友吧，因為我和你家主公燕侯平時都是以兄弟相稱……」

「以兄弟相稱？如果魏侯真的和我家主公以兄弟相稱的話，又怎麼會帶領大軍包圍這裡呢？」臧霸譏諷道。

「誤會，誤會，這都是誤會！」曹操笑道：「我其實是在保護你們，青州還有一些袁氏的舊部，我沒有清掃乾淨，所以只有出此下策了。如果我真的要攻打臧將軍的話，以我的用兵速度，不出一日，濟南城必然會被攻下，可是我一連圍了五六天，卻沒有採取過一次攻城，這還不能說明問題嗎？」

「魏侯口齒伶俐，非我所能比擬，但魏延一事又該做何解釋？」

「這也是一個誤會，我只是讓士兵出去接應他，他卻以為我是在攻打他，就這樣跑啊跑，跑到現在我也沒找到他。臧將軍，請坐，我還想問你一件事，請臧將軍釋疑，一旦我得到完美的答覆，我就會立刻撤去這裡的士兵，不再騷擾臧將軍。」

臧霸明知道曹操說的都是狡辯的話，可是還是坐了下來，道：「魏侯有事請問。」

曹操道：「我答應出兵青州，替你家主公牽制住袁譚在青州的五萬兵馬，你家主公也信誓旦旦的說絕不插手青州事宜，為何他又派你來搶奪青州郡縣？」

臧霸道：「這事和我家主公無關，都是我一人所為。我見魏侯和袁譚打得辛苦，而魏侯的兵力又略顯不足，所以我才先出兵占領，為的也是怕袁氏舊部捲土重來。」

曹操見臧霸把皮球又踢到他的腳下，哈哈大笑道：「臧將軍不愧是做過一方豪傑的人，說話滴水不漏。只是這樣聊下去，似乎已經失去了意義，不如我們直接開門見山的說，你認為如何？」

臧霸見曹操變了臉色，剛才還有點唯唯諾諾的表情頓時煙消雲散，換來的是一身的罡氣，便道：「魏侯喜歡繞彎子，我也只好隨著魏侯繞彎子，只要魏侯開門見山，那我也會直言不諱。」

曹操道：「好吧，那我就直接問了。**本來你已經占領了半個平原郡，還緊守著黃河渡口，可是為什麼你又要來搶奪其他的青州郡縣，目的到底何在？**」

臧霸道：「我家主公的意思很簡單，以魏侯的聰明才智，只要魏侯仔細的想想，就一定會知道我家主公是何目的。」

曹操想了想，問道：「莫不是想和我劃河而治？」

臧霸點點頭：「我家主公的本意，是用濟南郡、樂安郡來換取魏侯治下在黃河以北的東郡九縣，但是沒想到魏侯用兵神速，根本沒有給我軍和貴軍商榷的機會，便用大軍包圍住了濟南城……」

「東郡九縣？」

曹操感到一陣錯愕，聯想起高飛動向不明的訊息，立刻明白過來，也知道高飛將要去哪裡了，他一拍大腿叫道：「糟了，高飛一定是去東郡了……」

臧霸站起身來，譏諷道：「多謝魏侯款待，既然無法用濟南郡和樂安郡來換取，那只有用武力奪取了。主公圍魏救趙這步棋走得很妙，正如魏侯圍住濟南城一樣，濮陽城應該也被我家主公圍住了，只是濟南和濮陽到底孰輕孰重，我想魏侯比我還清楚吧？**我這顆棋子的任務算是完成了**，魏侯若要攻打濟南城，我也會奉陪到底，若是撤軍的話，我不會追擊，畢竟我家主公也想和魏侯友好的相處下去。」

曹操臉上現出一絲殺機，他總算知道高飛的真實意圖了，突然哈哈地大笑了起來，道：「高飛啊高飛，早知道是這樣，我又何需在青州用兵呢？」

臧霸聽曹操不氣反笑，有點摸不透曹操，他也不願意多留，作勢欲走。

「臧霸！」曹操叫住了臧霸。

臧霸轉過身子，道：「魏侯還有何事？」

「你今天就撤出黃河南岸，回到河北後，轉告你家主公，就說我同意和他劃河而治。另外，等我忙完青州的一點小事之後，就會派遣使者去見他，和他正式訂立盟約，我希望他能早點做好準備。」

臧霸將曹操的話記在心裡，扭頭朝濟南城走去。

曹操也站起身子，回到營寨。

戲志才、曹洪、典韋、許褚四人都等候在寨門前，曹操對戲志才道：「軍師，傳令下去，全軍拔營起寨，去臨淄，青州已經不用再擔心了。」

戲志才道：「主公，莫不是臧霸投降了？」

曹操搖搖頭：「河北的燕軍一直讓我頭疼，可是現在看來，至少兩三年內不需要再擔心燕軍了，我要在這段時間儘快讓青州、徐州富庶起來，並且進一步奠定在中原的根基。」

戲志才很聰明，聽曹操這麼說，立即道：「主公莫不是想和燕軍訂立盟約？」

曹操點點頭，道：「派人快馬趕往東郡，若遇到燕軍，就將我軍想和燕軍訂立盟約的事告知燕侯高飛，我想他一定很期待與我結盟的。」

戲志才問：「主公，劉備等人正在從臨淄的路上趕來，該如何對待他們？」

曹操的目光裡露出殺機，冷冷地道：「劉備？這個大耳朵已經說服大半個青州，幫我達成了心中所願，沒有什麼可利用的價值了。」

曹洪聽後，摩拳擦掌地道：「主公，這件事交給我去辦吧，我一定將劉備的人頭給取回來，獻給主公。」

曹操道：「許褚、典韋，你們兩個跟曹洪一起去，率領兩千虎豹騎劫殺劉備，需小心劉備的兩位義弟關羽和張飛。」

典韋、許褚、曹洪三人抱拳道：「諾！屬下明白！」

「去吧！」

曹操的命令逐一下達到各個營寨裡，將士們紛紛拔營起寨，聚集在北門，然後由曹操帶領隊伍，緩緩向臨淄城進發。

戲志才回頭看了眼濟南城，問道：「主公，真的不用留下士兵駐守此地嗎？」

曹操道：「留下兵馬，臧霸反而會覺得我會偷襲他，我軍全部撤走後，等臧霸撤走以後再來占領不遲，當務之急是儘快趕到臨淄城就任青州牧，然後任命青州各郡縣官員，才能逐漸使青州穩定下來。」

戲志才道：「主公英明。」

魏延帶著部隊停靠在濟南城北十五里處休息，陳適的手被砍斷了一隻，二十三個士兵陣亡，五十多個人受傷，他正一個接一個的看著傷者。

突然，郭英策馬奔馳過來，來不及下馬，便衝著魏延喊道：「將軍，曹操……曹操竟然主動撤軍了……」

「撤軍？他為什麼撤軍了？臧將軍等人如何？」魏延急忙問道。

郭英道：「臧將軍一切安好，只是曹操為什麼撤軍，屬下不清楚，我只看見臧霸和曹操單獨會談了一會兒，之後曹操就退兵了。」

魏延訝異道：「沒想到臧霸有那麼好的口才，居然和曹操說了一兩句話，曹操就退兵了，我不如也！」

「將軍，那我們現在趕到濟南城和臧將軍會合吧。」郭英道。

魏延立即朗聲道：「全軍有令，目標濟南城，出發！」

兗州，東郡濮陽城外。

高飛親率兩萬大軍，以迅雷不及掩耳之勢攻進了頓丘，蔡陽見勢不妙，帶領親隨便跑了，餘下的六千多士兵全部成了俘虜，被高飛收編了。

拿下頓丘之後，高飛連夜從黃河岸邊收羅來許多條船隻，帶領著大軍南渡黃河，乘勢包圍了濮陽城。

濮陽城中，東郡太守夏侯惇看著城外精銳的燕軍騎兵，頓時皺起了眉頭，道：「這高飛怎麼來得那麼快？」

剛剛敗回的蔡陽道：「將軍，高飛指揮的都是騎兵，士兵們都還在吃午飯，便被燕軍一鍋端了，許多士兵見勢不妙便投降了，只有屬下拼死才殺了出來。」

「兵貴神速，看來高飛也是一個用兵的行家。不過沒關係，我夏侯元讓也不是吃素的，加上這濮陽城牆堅厚、城中糧秣充足，他愛圍多久就圍多久。」夏侯惇自負地道。

蔡陽道：「那要不要通知主公？」

「不用，城中有兩萬馬步，足夠我打敗高飛的了，只是現在燕軍鋒芒正盛，必須要避一避。傳令下去，各個城門緊閉，增加巡夜士兵，全城禁酒！」夏侯惇道。

濮陽城外的燕軍大營裡，高飛端坐在大帳之中，還在仔細研究著地圖，便見趙雲徑直從帳外走了進來。

「啟稟主公，一切都已經準備就緒，只等主公一聲令下了。」趙雲抱拳道。

高飛道：「黃忠西門，龐德東門，你去南門，我在北門，四門一起佯攻，先亂敵軍心。」

趙雲笑著「諾」了一聲，轉身便走。

高飛隨即戴盔穿甲，手握遊龍槍，腰懸一把鋼劍，一掀開大帳的捲簾，出了大帳，看到夜色濃郁，濮陽城頭上又是燈火通明，便大聲喊道：「全軍集合！」

子時剛過，高飛、趙雲、黃忠、龐德在濮陽城外集結了所有的燕軍兵馬，攜帶著戰鼓、號角、銅鑼等敲打鼓吹用的器具，在夜色的掩護下，悄悄地來到了濮陽城下。

濮陽城裡，軍民大多都已經歇息了，除了少數巡夜的士兵還在各個城頭和街道裡巡邏外，整個濮陽城宛如一座死城。

夏侯惇正在太守府裡熟睡，突然聽到城外鑼鼓喧天，喊殺聲響徹整個城池，那雄渾的喊殺聲從城外四面八方傳了過來，聲音連綿不斷，聽上去彷彿有數萬人在一起搖旗吶喊一般。

他頓時從夢中驚醒，從床上一躍而起，抓起床頭的佩劍，來到房門外，但見蔡陽緊張兮兮地跑了過來，他急忙問道：「發生了什麼事？」

蔡陽道：「啟稟將軍，燕軍……燕軍突然從四個城門同時發起了進攻，聲勢滔天，黑夜中看不清到底來了多少兵馬……」

「難道燕軍有援軍不成？」夏侯惇提著長劍對蔡陽道：「跟我來！」

夏侯惇帶著蔡陽迅速集結了城中所有兵馬，讓蔡陽趕赴南門，他自己帶兵到北門，方到北門邊，城外的吶喊聲便逐漸消散，鑼鼓也同時消退。

他感到十分疑惑，登上城樓後，見一員戴盔穿甲的將軍提劍站在城樓上，弓箭手都異常緊張，便大聲喝道：「韓浩！」

那員戴盔穿甲的將軍聽到夏侯惇的喊聲，轉過頭來，雙目炯炯有神，抱拳道：「參見將軍！」

夏侯惇站在城牆上向外眺望，除了一片黑暗之色，別的什麼也看不見，急忙問道：「可是燕軍攻城了？」

韓浩納悶道：「說來也很奇怪，燕軍本來聲勢滔天的，可是衝到護城河邊便退下了，可能是得知將軍到來，害怕將軍的神威所以自行退去了。」

夏侯惇呵呵笑道：「密切關注，另外，告訴守城將士，不要再睡了，省得燕軍再發動突然襲擊。」

「諾，屬下明白！」

夏侯惇抬頭看了看夜空，見天空上烏雲蓋月，便道：「天公不作美啊……」轉身下了城樓，將帶來的兵馬留在北門附近，交給韓浩指揮，他又去其他三門巡視了一番，這才回到太守府休息。

可是，事情並沒有夏侯惇想像的那麼簡單，隨後的時間裡，燕軍每隔一段時間都會進行一番襲擾，或是半個時辰，或是一個時辰。

夏侯惇吃不準燕軍到底什麼時候攻城，也不敢再睡了。

第二天天色大亮之後，夏侯惇連同所有濮陽城中的將士都成了熊貓眼，就連城中百姓也都是人心惶惶的，平日裡繁華的濮陽城，街道上連一個行人都沒有。

燕軍大營裡。

高飛擺了一桌酒席，將趙雲、黃忠、龐德以及眾多校尉一併請到他的營寨裡，朗聲道：「昨夜辛苦各位了，今天白天就好好的在營中休息，今夜再接再厲，只要這樣不停騷擾夏侯惇三個夜晚，保準夏侯惇會忍耐不住主動出戰，這樣一來，我軍就能夠和其展開野戰了。」

黃忠憂慮道：「主公，我們白天休息，萬一那夏侯惇率部出戰，攻打我軍營寨怎麼辦？」

高飛道：「放心，夏侯惇被我們折騰了一夜，此時肯定是又困又乏，可又擔心我軍不知道什麼時候進攻，又不能睡，所以，戰爭的主動權在我軍的手裡掌握著，而且我也已經讓卞喜等人在昨夜趁亂挖掘了一道陷馬坑，雖然不是很深，卻能暫時阻擋敵軍進攻我軍營寨。」

眾將聽完，都放下了心，一起舉杯，朝高飛拱手道：「主公英明神武，我等必定竭盡全力輔佐主公。」

高飛看過不少戰爭電影，部隊經常會用一種「麻雀戰術」，而他所施展的這個策略，顯然是和荀攸攻打陽樂城時學的，目的就是讓敵人摸不清自己的意圖和人數，這種襲擾敵人的戰術，可不就是「**麻雀戰術**」嘛！

散會之後，各個將領陸續回營，整個燕軍營寨除了少數沒有參加昨夜行動的人站崗外，其他的全部倒在營房裡熟睡。

濮陽城的城樓上，守城的魏軍士兵又困又乏，眼皮直打架，有許多士兵都拄著槍便睡著了，有的則靠著城牆睡，東倒西歪的，沒有一點樣子。

韓浩剛下城樓去吃了一頓早飯，此時登上城樓，看到部下都昏昏欲睡的樣子，怒道：「都給我起來，不許睡，違令者斬！」

睡著的士兵被驚醒，恨不得把韓浩綁在柱子上抽打，只能勉強撐起身體，打起精神站崗。

一上午過去，燕軍沒有一點動靜，夏侯惇見士兵們都疲憊不堪，這才下令讓士兵們下午好好的睡上一覺，算是彌補了士兵心裡的怨氣。

整個白天，燕軍和濮陽城裡的魏軍都沒有一點動靜，兩邊的士兵都在軍營裡睡覺，任憑太陽高照，烈日炎炎，也無法將這些熟睡中的人叫醒。

黃昏時分，高飛和燕軍的士兵紛紛從熟睡中醒來，一個個伸了個懶腰，精神飽滿。隨即開始埋鍋造飯，準備吃的。

到夕陽西下時，燕軍士兵飽飽的吃了一餐，又開始準備襲擾濮陽城的行動了。不過，這次高飛下的命令是三分實，七分虛，也就是說，可以利用弓箭手向城頭上射箭，免得讓魏軍以為燕軍雷聲大雨點小。

太陽完全沉下西山的時候，燕軍各營已經準備就緒，在約定好的時間到來之際，四營的燕軍開始鑼鼓喧天，搖旗吶喊，一起朝濮陽城攻了過去。

濮陽城中，將士們仍在呼呼大睡，城樓上的士兵更是睡得東倒西歪的，突然聽到外面喊聲震天，都一個個的驚醒過來。

城樓上的士兵剛從夢中驚醒，用手抹了抹流出來的口水，只從城垛露了一下頭，城下的一支箭矢便直接射穿魏軍士兵的頭顱，密密麻麻的箭矢紛紛射上城樓，迫使那些魏軍士兵都不敢抬頭。

密集的箭矢射擊持續了一會兒隨即退去，濮陽城四門的城樓上卻多了數百具屍體。

夏侯惇得知這一情況後，頓時大怒，隨即下令道：「全部跟我出城，迎戰燕軍……」

「將軍！萬萬不可啊！」韓浩立刻打斷了夏侯惇的話語，「將軍如果此時出戰，正中燕軍下懷，我軍士兵休眠不足，人困馬乏，燕軍士氣正盛，出戰只會損兵折將，還望將軍三思！」

蔡陽也附和道：「是啊將軍，燕軍昨夜折騰了我軍一夜，只襲擾，不攻城，現在真的攻城了，可畢竟有護城河作為屏障，燕軍若想攻城，必然會受到阻礙，我軍現在應該堅守城中才是上策。」

夏侯惇看了眼另外一位部將史渙，問道：「你有什麼看法？」

史渙拱手道：「韓、菜兩位將軍言之有理，我軍士卒疲憊，根本不宜出戰，而且燕軍多是騎兵，利於野戰，我軍應該堅守為上。」

夏侯惇也不是不知道堅守的好處，只是他不甘被這樣當猴耍，堅守城池無法掌握戰爭的主動性，也就只能龜縮在城中等敵人來打，可是一天的時間那麼長，他又無法確定敵軍什麼時候來攻打。

他想了想，做出決定道：「將全城兵馬分成兩撥，一撥休息，一撥守城，六個時辰輪換一次，休息的士兵不管聽到什麼樣的動靜都不要去理會，一定要保證好士兵的睡眠。」

蔡陽、韓浩、史渙三人齊聲道：「諾！」

隨後的一夜裡，燕軍一共進攻了三次，其中一次真的發動了進攻，利用士兵們擅於射箭的特點，和城樓上的士兵進行了箭陣的對決，結果以魏軍傷亡千人為代價告終，燕軍卻不過傷了百人而已。

又一夜這樣過去了，高飛帶著士兵撤了回來，臉上露出笑容，心中暗道：「夏侯惇你這隻死猴子，看我不玩死你！」

「主公——」卞喜策馬奔馳而來，對高飛急道：「主公，抓到了一個奸細，那奸細自稱是曹操的人，說要當面見主公，有要事相商。」

「哦？那人在哪裡？」高飛道。

卞喜道：「已經押至主公大帳中，聽候主公發落。」

高飛道：「走，隨我看看去。」

高飛回到大帳，見一個被五花大綁的人站在那裡，那人身體略胖，看上去有點肥頭大耳的，身上穿著一件長袍，一看便是一個文士。

他裝模作樣的對幾個親兵呵斥道：「胡鬧，你們怎麼能如此對待魏侯使者？」

親兵急忙解開那人身上的繩索，唯唯諾諾的站在一旁。

「先生恕罪，我帳下皆是一些粗人，怠慢了先生，還請先生勿怪！」高飛大踏步走向前，朝文士拱手道。

那文士道：「在下魏侯帳下兗州治中董昭，見過燕侯。」

高飛怔了一下，道：「原來是董公仁，先生大名如雷貫耳，印象中，先生不是袁紹帳下的癭陶令嗎？不知先生何時跑到魏侯帳下了？」

董昭字公仁，濟陰定陶人，本是袁紹帳下的癭陶縣令，曹操攻打徐州時，請袁紹出兵支援。袁紹一面派長子袁譚帶兵入青州，一面派遣將軍朱靈帶兵支援曹操，董昭則被委派為朱靈的主簿，隨著朱靈一起去了兗州。他到了兗州之後，親

眼見到曹操，覺得曹操是個雄主，便主動說服朱靈，和他一起帶兵投效了曹操。

徐州被曹操攻下之後，袁譚占領青州，得知朱靈、董昭投靠了曹操，立刻彙報給袁紹。袁紹大怒，卻也沒有辦法，便聽信審配之言，讓曹操割讓泰山郡，董昭、朱靈也就成了袁紹和曹操泰山之爭的導火線。

董昭聽了高飛頗帶譏諷的話，只笑了笑，道：「燕侯，有道是良禽擇木而棲，良臣擇主而事，我也只不過是順應時勢而已。」

「好一個良禽擇木而棲，良臣擇主而事……」高飛走到座位上，哈哈笑道：「先生答得好，若先生不是早一步投靠了魏侯，我攻取鉅鹿時，一定會聘用先生為謀士的。」

董昭道：「公仁不過是井中之蛙，目光短淺，只能坐井觀天，難能登上燕侯的大雅之堂。」

高飛見董昭身材肥胖，便道：「據我所知，近年兗州一帶連年征戰，許多士兵都吃不飽、穿不暖，為何眾人都是如此消瘦，先生卻獨獨如此富態？」

董昭答道：「此乃上天眷顧，我每日不過兩餐，每餐不過粗糠涼茶而已，哪知喝口涼水都長肉，實則是上天眷顧，神明庇佑。」

高飛見董昭對答如流，處變不驚，覺得董昭是個人才，心中暗暗有收服之意，便道：「先生此次前來，不知為了何事？」

董昭道：「我奉魏侯之命前來，來此乃是為了兩家友好。」

「兩家友好？怎麼個友好法？」高飛問。

董昭道：「魏侯已經撤去了濟南之圍，希望燕侯也能夠撤去濮陽之圍，而燕侯所攻占的黃河以北的東郡九縣，我家主公也不予收回，權當是送給燕侯了。但是，青州在黃河以南的郡縣，還請燕侯退出所有燕軍兵馬，燕魏兩軍友好相處，劃河而治，共求盟好。」

高飛冷笑道：「我怎麼知道你說的是不是真話？」

董昭道：「燕侯儘管放心，相信貴軍橫野將軍臧霸派人前來送信的斥候不日即到，到時候燕侯一看便知。」

這邊話音剛落，那邊卞喜便帶著一封信進了大帳，快步走到高飛面前，呈上書信，小聲耳語道：「主公，青州急報！」

高飛接過信，打開一看，見面確實是臧霸親筆所寫，所說的事大致如董昭說的一樣，便合上信，道：「魏侯派你前來，不單單是為了提前給我通風報信吧？」

董昭道：「燕侯聰明之人，在下就不再隱瞞了。我家主公讓我前來，確實有

另外一件事希望能夠和燕侯達成一致。」

「什麼事？」

「**我家主公希望和燕侯訂立盟約，共同進退**，不知道燕侯意下如何？」

「盟約？」

高飛聽到這句話便來了精神，按捺住心中的喜悅，故意刁難道：「我為什麼要和魏侯訂立盟約？我軍剛剛攻下冀州，若是我將得勝之師渡河南下，以我燕軍之強盛，必然能夠問鼎中原，如此大好形勢，我又怎麼會放棄呢？」

董昭呵呵笑道：「燕侯說的只是表面上的，袁氏雖然敗亡了，但是冀州全境並未在燕侯手中，而且呂布也是個狼子野心的人，一旦燕侯發兵渡過黃河的話，只怕呂布就會翻臉不認人，直接帶領並州鐵騎橫掃燕侯背後，到時候，燕侯前面是我家主公，背後是呂布，進退兩難，也只有自取滅亡的道理了。另外，燕侯剛得冀州，民心不穩，士兵疲憊，若是執意南下的話，只怕也是危險重重。我家主公說了，燕侯是個聰明人，必然會毫不猶豫地同意這個盟約的。」

高飛聽後，哈哈笑道：「曹操不愧是曹操，居然能夠看得如此深遠。你說吧，何時何地結盟？」

董昭道：「一個月後，八月十五，就在東郡濮陽城下。」

高飛冷笑一聲，道：「不！時間地點，我定！你現在可以回去轉告曹操，我會撤去包圍濮陽的兵馬，而且我的燕軍也會盡數撤到黃河以北，我們劃河而治。但是盟約問題，我必須要再做斟酌，不過，我也希望在未給你們送達會盟的時間、地點之前，我們兩軍能夠一直友好下去。」

董昭見高飛說的如此斬釘截鐵，絲毫沒有迴旋的餘地，便不再進行反駁，道：「那在下就此告辭了。」

高飛道：「先生遠道而來，一路疲憊，不如暫且在我軍中休息一下，等到我軍退兵時再行離開，我也可以順便讓先生感受一下我軍實力，如果先生想到我的帳下，我絕對熱烈的歡迎。」

董昭見高飛在拉攏他，便道：「燕侯好意我心領了，只是魏侯對我不薄，我不能隨意背棄。另外，濮陽城近在咫尺，我到城中等待燕侯撤軍也是一樣的，順便讓東郡太守夏侯惇知道我家主公的意思，省得燕侯退兵之時，夏侯惇不明就裡派兵追擊。」

高飛見董昭去意已決，便道：「那好吧，那我就不強留先生了，送客！」

親兵送董昭出帳，然後把董昭送出營寨，董昭叫開城門之後，便徑直入了濮陽城。

高飛則讓人將命令通達到各營，並且召集了趙雲、黃忠、龐德、卞喜四個將領，命他們準備撤退事宜。

「主公，我軍真的要和曹操結盟嗎？如果再圍濮陽一天，或許就能逼夏侯惇出城迎戰，一旦攻取濮陽城，再去商談會盟之事不遲啊。」龐德不解道。

高飛道：「濮陽城防很高，不宜攻打。我們現在的目標不是曹操，而是整個河北，是呂布和鮮卑，如果後方不穩，我軍在前線就無法安穩的打仗。冀州剛剛占領，呂布還在並州，必須快點翦除呂布這頭猛虎，雄踞幽州、並州、冀州以及部分青州，安心的休養生息幾年，再集結所有兵力南下，必然能夠用我軍的鐵騎橫掃中原。」

「主公步步為營，目標明確，老夫無話可說，只要主公下令，讓老夫打誰，老夫就打誰！」黃忠拜服道。

高飛笑道：「將軍不必那麼著急，**當務之急是儘快收拾冀州殘局，將呂布趕到中原，讓呂布去禍害中原的各個諸侯**，我軍隔岸觀火，坐山觀虎鬥，豈不美妙？」

趙雲抱拳道：「主公下令吧，該怎麼做，屬下單憑吩咐！」

高飛道：「今日暫且休息一天，夜晚撤兵北渡，到頓丘和徐晃會合，等瞭解呂布的近況之後再行動。」

「諾！」眾將齊聲答道。

命令下達後，燕軍便開始休息，高飛則在擔心著一個人，不知道郭嘉在呂布的軍隊中怎麼樣了，到底有沒有將呂布成功的引誘到司隸。

第三章

罪魁禍首

郭嘉臉上現出笑容，心裡更是喜悅，緊跟著呂布，心中想道：「主公，你等著，屬下一定要讓呂布成為攪亂中原的罪魁禍首，只有如此，留在黃河以北的軍隊才會全部調遣到黃河以南來，洛陽也將成為呂布的墳墓……」

濮陽城裡。

夏侯惇會見董昭，從董昭的嘴裡知道了曹操的意思，隨即道：「董先生，主公可曾知道燕軍殺了我軍一千多人嗎？」

董昭搖頭道：「我也是剛剛知曉，主公遠在青州臨淄，自然不會知曉。」

「結盟可以，但是我要讓高飛還我部下一千多條人命來，我也要殺燕軍一千多人，這才算解氣，我的部下不會白白的陣亡。」夏侯惇一拍桌子，大聲暴喝道。

董昭勸道：「將軍不可啊，我剛從燕軍營寨回來，燕軍的實力不容忽視，就連主公都不敢小覷，將軍怎麼敢貿然出擊？而且，主公有言在先，只讓將軍守城，不讓將軍出戰，若是違抗了命令，是要殺頭的。」

夏侯惇怒道：「殺頭就殺頭，我先殺了燕軍一千多人，再斬我頭不遲……」

「將軍——」蔡陽從外趕來，一臉的慌張，打斷夏侯惇的話，道：「不好了，呂布軍已經攻克白馬，正率部往陳留方向去了！」

「呂布？呂布從哪裡冒出來的？」夏侯惇急道。

蔡陽答道：「呂布率部離開鄴城，經黎陽南下，突然襲擊白馬，白馬守將劉延抵擋不住，大敗而走。呂布在白馬略微休整半日，隨即帶兵朝陳留方向而去了。」

夏侯惇一把揪住蔡陽的胸口，喝問道：「燕軍將濮陽團團圍住，從白馬來的斥候如何進得來？會不會是燕軍在從中搞鬼？呂布那小子怎麼可能會捨近求遠，渡河攻擊白馬呢？」

蔡陽道：「將軍息怒，燕軍已經從城外撤圍了，現在大軍盡數移到了北門，白馬縣令劉延親自帶著殘軍來的，確實是呂布帶兵攻打白馬的。」

夏侯惇將蔡陽一把推開，將手向前一伸，喊道：「拿刀來，我要去攔截呂布！」

董昭急忙勸道：「將軍，那呂布驍勇善戰，天下無雙，將軍之兵盡皆疲憊，白馬距此尚有些路程，晉軍皆是騎兵，就算將軍追了過去，也於事無補。陳留由曹仁將軍把守，相信曹將軍必然能夠把守的萬無一失，將軍只需在此好生歇息才是，再修書一封派人送給主公，請主公定奪才是。」

蔡陽也附和道：「董先生說得極是啊，將軍。」

夏侯惇怒氣未消，但是理智還是有的，他尋思一番，覺得董昭說得有理，何況曹仁又在陳留，必然不會讓呂布猖狂的，當即點點頭，即刻修書去了。

高飛還在營中睡覺，忽然聽到帳外一陣喧嘩，便朗聲問道：「何人在外喧嘩？」

「主公，是我，林楚。」

高飛一躍而起，跳下床來到帳外，看到林楚被兩個親兵攔住，急忙道：「讓他進來。」

林楚隨高飛進了大帳，當即抱拳道：「啟稟主公，呂布有動向了，屬下按照主公的吩咐，與郭參軍取得了聯繫，得到郭參軍的回覆，這便馬不停蹄的趕了來……」

高飛見林楚上氣不接下氣的，急忙遞上一壺水，道：「先喝點水。」

林楚喝完水，緩了口氣，繼續說道：「郭參軍說，他已經得到魏續的信任，也勸動了呂布向司隸而去，只是呂布在冀州還有軍兵，他必須想辦法讓呂布把冀州的兵馬抽調過來，然後和馬騰開仗後才能回來。另外，張遼帶著一萬騎兵奔赴並州的朔方郡，郭參軍說這是收服張遼的好機會，讓主公儘快行動。」

高飛聽後，道：「奉孝，若能得到並州，你便是第一功啊。那現在呂布到了何處？」

林楚道：「我一路尾隨晉軍，見呂布已經攻克白馬，在白馬休息半天，之後便帶兵向西去了，看去的路，像是陳留方向。」

高飛哈哈大笑道：「呂布急功近利，不走河內，反而走黎陽攻白馬，這不是在向曹操挑釁嗎？看來我把呂布弄到中原來是弄對了，有他在中原一天，中原就永無寧日啊。」

林楚道：「恭喜主公，賀喜主公。」

「林楚，你先在軍中休息一下，然後再去找尋呂布，隨時和郭嘉取得聯繫，密切注意呂布的動向。你也不用那麼辛苦的來回了，就暗中保護郭嘉，到時候跟郭嘉一起回來，剩下的事，我自會處理。」

「諾！屬下告退！」

當夜，高飛大軍便從濮陽撤離，暫時駐紮在黃河渡口，讓人去找渡船，準備次日一早渡河。

經過一夜的尋找，渡船準備齊全，高飛率大軍順利的渡過了黃河，和在北岸等候的徐晃合兵一處。

徐晃留下部將守衛黃河渡口，迎接高飛等人進入頓丘城。

大廳裡，徐晃命人端上食物，拱手道：「啟稟主公，臧霸、魏延等人已經率部返回平原郡的高唐，並且帶回了青州三萬百姓，目前安置在平原郡內。另外，軍師派人來了，讓主公速回信都城，說是有要事相商。」

高飛道：「嗯，徐晃，我準備留你守衛此處，你可願意？」

徐晃道：「屬下萬死不辭！」

高飛接著道：「我獨自一人回信都，這兩萬兵馬連同那六千降兵都留守此處，你們諸位將軍在此等候我的命令，一邊操練士兵，一邊加固渡口，等我命令一到，你們便立刻率部西進，沿途收取黃河沿岸各個渡口。」

趙雲、黃忠、徐晃、龐德四將齊聲道：「諾！」

高飛又道：「卞喜，你也留下，負責打探濮陽的事，夏侯惇並非庸才，雖然要和曹操劃河而治，也要清楚對方的情況。必要時，你可以派人在魏國內部滲透，建立秘密的聯繫基地，用於收集曹操所統轄境內的一切消息。」

卞喜道：「主公的意思是……讓我在曹操的境內建立一支新的斥候隊伍？」

高飛點點頭道：「反正魏軍很少有人認識你，因為認識你的都是一些斥候，而那些斥候都被你殺了。你有飛簷走壁的功夫，偷盜錢財也是一流，**我想讓你暫時離開燕國，秘密潛入魏國，在魏國境內替我打造一支新的隊伍，就叫情報特工吧**，因為要和曹操訂立盟約，我估算了一下我軍的目前的戰力，訂立盟約有利而無害，而且時間至少在五年之間，所以，你就在魏國替我當耳目，收集必要的情報。」

卞喜臉上帶著激動，他從未接受過這麼具挑戰性的任務，對他來說，越有難度，他就越開心。他想都沒想，當即應允下來。

高飛見卞喜點頭了，問道：「你需要多少錢儘管說，我會儘量滿足你的。」

卞喜搖搖頭：「屬下一個錢都不要，主公可別忘了我是幹什麼的，這錢財還不是隨手便到嗎？」

趙雲、黃忠、徐晃、龐德聽了，都哈哈大笑起來。

高飛也笑了，對卞喜道：「很好，你在魏國之內，可要處處小心。」

卞喜拍拍胸脯道：「主公放心，我卞喜不會讓主公失望的。」

「魏續！」呂布一馬當先，橫著方天畫戟，騎著赤兔馬，扭頭朝後喊道。

魏續快馬加鞭地趕到呂布的面前，問道：「主公有何吩咐？」

呂布道：「距離陳留還有多遠？」

魏續道：「大約還有三十里。」

「好，儘量讓士兵們多席捲點財物，到了洛陽之後，我軍就要安定下來了。」呂布滿臉興奮地道。

魏續勸道：「主公，陳留由魏軍大將曹仁把守，而且兵馬遠多出我軍，如果貿然襲擊的話，只怕會惹來不必要的麻煩，還有可能會激怒曹操，屬下以為，應該避開曹操的軍隊，只從陳留曠野上穿行而過即可。」

呂布看了魏續一眼，道：「又是你背後那個高人教的？」

魏續憨笑道：「還是逃不過主公的法眼啊。」

「一路上我都是照你背後那個高人的指示前進，你什麼時候讓我見識見識那位高人？」呂布好奇地道。

魏續道：「主公，等到了洛陽了，主公自然就會見到。」

呂布臉上不喜，當下勒住了馬匹，大聲喝道：「全軍停止前進！」

魏續一怔，問道：「主公，怎麼停下來了？」

呂布將方天畫戟架在了魏續的脖子上，大聲喝道：「去！將你背後的那個高人叫出來，我要親自見見他，我可不想老是被他牽著鼻子走！」

魏續臉上露出了難色，遲疑道：「可是主公……」

「快去！」呂布雙目怒視著魏續。

魏續嚇得渾身哆嗦，不由自主地看了看人群中的郭嘉，大聲喊道：「郭三！」

郭嘉策馬從人群中跑了出來，到了呂布和魏續的面前，拱手道：「見過主公、將軍。」

呂布的方天畫戟非但沒撤下，反而架得更緊了，怒道：「魏續，你竟然敢戲弄我？郭三不是你的親兵隊長嗎，你竟然拿他來糊弄我？」

魏續忙道：「主公饒命啊，屬下說的句句實話，郭三就是高人，高人就是郭三，一路上都是郭三指點我，然後我再告訴主公的。」

「量你也不敢說謊！」呂布收起了方天畫戟，斜眼看了看郭嘉，便問道：「你就是那位隱藏在魏續背後的高人？」

郭嘉朝呂布拱手道：「高人不敢當，小的只不過是略有些智謀而已，讓主公見笑了。」

呂布聽郭嘉操著一口流利的晉中方言，便問道：「你是哪裡人？」

「小的是上黨郡襄垣人，姓郭，無名，因為在家中排行老三，所以人都叫我郭三。」郭嘉回道。

呂布哈哈笑道：「郭三是吧？與其給魏續做親兵隊長，不如給我當個行軍主簿吧，我軍中少的就是像你這樣有智謀的人，我不會過問你的過去，只要你點頭，你立刻就能成為我呂布的行軍主簿，掌管軍中的錢糧，你幹不幹？」

魏續見呂布主動提拔郭嘉，心想郭嘉是他發現的人才，要是當上了行軍主簿，那以後他和郭嘉只要齊心，晉軍之中還有誰敢不聽他的？歡喜地催促道：「郭三，還不快點謝謝主公的提拔。」

郭嘉見呂布豪氣干雲，倒是有幾分佩服，當即拜道：「小的郭三，全憑主公吩咐。」

「哈哈哈哈！好，好得很。你叫郭三，這個名字不好聽，這樣吧，我給你取個名字，你看如何？」呂布開心地道。

郭嘉道：「小的求之不得！」

「你在家中排行老三，又通曉謀略，按照伯、仲、叔、季來分的話，你就是叔……你又是我在晉軍中發現的人才……嗯，有了……從今以後，你就叫郭晉，字叔通。」呂布拍板道。

「郭叔通？」魏續在一旁附和道：「好名字，主公真不愧是主公，就連取名字也高人一等。郭三……不不不……應該叫郭晉或者郭叔通，你還不快謝謝主公賜名！」

郭嘉也裝出一副歡喜的表情，拜道：「多謝主公賜名！」

呂布「嗯」了聲，扭頭對身邊一個親隨騎兵道：「通傳全軍，從今以後，郭晉就是我呂布的行軍主簿，另外，給主簿大人找一匹上好馬，他騎的那匹馬實在是太瘦弱了！」

親兵連忙給郭嘉找來一匹上好的馬匹。

郭嘉換了馬匹，歡喜地道：「多謝主公賜馬，小的感激不盡。」

呂布笑道：「大丈夫當知恩圖報，你受了我的恩惠，就應該報答我。不過，**我不要你以命相搏，我只要你的智慧**，我問你，你是否覺得我無法攻下陳留城？」

郭嘉緩緩地尋思一番後，道：「主公英明神武，戰無不勝，攻無不克，小小的陳留城又如何奈何得了主公呢？」

呂布哈哈笑道：「說得好，說得好……」

話音一落，呂布的臉色突然一轉，怒視著郭嘉，喝道：「好你個郭叔通，既然我攻無不克戰無不勝，為什麼你還要獻策讓我從陳留曠野走，而不建議我直接攻打城池，你到底是何居心？」

郭嘉面對呂布的暴怒，面不改色，從容地道：「主公息怒，小的這樣建議，也是另有原因。」

「是何原因，快快說來！」

郭嘉戰戰兢兢地道：「主公，我們此次的目的是洛陽京畿之地，洛陽城雖然

化為一片焦土，但是洛陽的龍脈還在，昔光武皇帝建都洛陽，平滅群雄，橫掃六合，氣吞八荒，洛陽乃龍興之地，東有虎牢關，西有函谷關，南有軒轅關，北有黃河天險，若主公占領此龍興之地，必然能夠成就一番王霸之業。

「另外，小的聽說幾年前群雄為了爭奪傳國玉璽在洛陽混戰，袁紹、袁術兩兄弟更是翻臉不認人，鬧到最後，那袁術一把火燒掉了洛陽城。可是，自打那以後，那傳國玉璽到底落入誰的手裡，一直是個未知之謎。袁紹說他沒有得到，袁術也說他也沒得到，那傳國玉璽不過是一件東西，難道那傳國玉璽會長上翅膀自己飛了不成？

「鄴城已經被我軍和燕軍攻破，但是並未聽說有傳國玉璽的影子，在豫州的袁術也杳無音信，那麼，**很有可能那傳國玉璽還在洛陽城中**，藏在那一堆廢墟之下。如果主公能得到了那方傳國玉璽，又占據了龍興之地，完全可以自立為帝，改朝換代……」

魏續聽到這裡，倒吸一口氣，沒想到郭嘉會有這種想法，不過，他也是挺會拍馬屁的人，急忙打斷郭嘉，抱拳道：「恭喜主公，賀喜主公，主公應該速速前往洛陽，據斥候來報，投降馬騰的張濟、樊稠二人已經率領兵馬從弘農出兵。馬騰占據涼州和關中許久，洛陽離馬騰很近，馬騰早不來占領，晚不來占領，偏偏這個時候來，一定是馬騰也預料到了那傳國玉璽在洛陽，所以特別派人前往洛陽。一旦馬騰到了洛陽，那我軍就等於撲空了，那主公以後何以榮登九五之尊呢？」

呂布一聽，眉頭皺了起來，一拉馬韁，赤兔馬掉頭向西，喊道：「傳令全軍，加速前進，誰敢拖延一步，定斬不赦，小小的陳留，不攻也罷！」

「諾！」魏續歡喜地去傳達命令。

郭嘉的臉上現出笑容，心裡更是無限的喜悅，緊跟著呂布奔去，心中暗暗想道：「主公，你等著，屬下一定要讓呂布成為攪亂中原的罪魁禍首，只有如此，留在黃河以北的軍隊才會全部調遣到黃河以南來，洛陽也將成為呂布的墳墓……」

因為赤兔馬太快，呂布一路上停停走走，才勉強和部下保持一致。經過陳留時，呂布似乎是故意耀武揚威，不走鄉間小路，反而專門走寬闊的大路，沿著官道直奔陳留城。

傍晚時分，陳留城東門上，曹仁戴盔穿甲，剛剛接到斥候快馬來報的他，心中略微帶著一絲疑惑，他想不通呂布的晉軍為何突然南下，又為何會直奔陳留而來。

此時的陳留城四門緊閉，城牆上弓弩手齊備，城中馬步軍全部準備停當，曹仁站在東門的城樓上，遙遙望見夕陽餘暉下，呂布一馬當先的帶著晉軍騎兵奔馳而來，騎兵捲起了滾滾的灰塵，讓他看不見呂布到底帶來多少兵馬。

「大哥，看這陣勢，呂布來者不善啊！」

一直站在曹仁身邊的曹純，緊盯著遠處的滾滾煙塵，心中不禁一陣緊張，感到一場惡戰即將到來。

曹仁皺著眉頭，左手一直緊緊地握著劍柄。

滿寵站在曹仁的右側，十指緊握，手心都是汗水，額頭上也漸漸地滲出汗珠，看著呂布帶來的晉軍如此雄壯，心裡暗道：「饒是主公的虎豹騎也絕不可能有如此雄壯的氣勢，**這呂布到底是何等人物，竟然有如此能耐，能讓士兵全身上下都充滿必勝的信心？**那個騎著紅馬的人就是呂布嗎？果然是威武不凡……」

曹純見曹仁一言不發，擼了袖子，露出兩條長著黑茸茸汗毛的粗壯手臂，朗聲道：「大哥，你倒是說句話啊，眼看那呂布就要來了，我們到底是出城迎戰，還是堅守城池？」

「別吵！呂布何人？虎牢關前，一人獨戰諸侯帳下數員猛將，又加上他座下有赤兔馬，你怎能奈何得了他？出戰的話，只有死路一條，堅守或許能有一份勝算。只是……只是這呂布來得太快了，一日進軍一百多里，先克白馬，又來陳留，這種進軍速度似乎並不在乎士兵、戰馬是否疲憊，既然他帶來的都是騎兵，那麼守城的話，對我軍來說就有利。」曹仁怒吼道。

曹純是曹仁的親弟弟，聽到曹仁如此說，便不再做聲，可眼看呂布威風凜凜的馳來，又按捺不住，抱拳道：「大哥，請允許我出戰，只要五百虎豹騎，我便能取呂布人頭。我軍現在是以逸待勞，彼軍遠途而來，肯定人困馬乏，一戰便可定勝負，請大哥……」

「不！曹將軍切莫衝動，你且仔細觀察那晉軍的士兵，所有士兵各個精神抖擻，看不出有一絲疲憊，就連那座下的戰馬看著都是熱血澎湃，敵軍鋒芒正盛，我軍不宜出戰！」滿寵急忙勸道。

曹仁目光銳利，看呂布如此神氣威武的向他駛來，便道：「水來土掩，兵來將擋，我軍有城牆作為防護，諒那呂布……」

「大哥看，那呂布……好像轉彎了！」曹純驚詫地道。

曹仁也注意到了，呂布快要奔到城下的時候，在不到二里的地方，突然轉了方向，繞過陳留，向西急速奔馳，連停都沒有停，後面的騎兵也是緊緊相隨，每個人的臉上都帶著一絲輕蔑。

「看樣子呂布不是來攻打陳留的……陳留之西是司隸，難道……呂布的目標是司隸嗎？」滿寵驚詫道。

「司隸？」曹仁訝異道：「司隸因洛陽化為了一片廢墟，已經於兩年前成為無主之地，呂布去司隸幹什麼？」

滿寵尋思道：「難道是為了兩年前那方群雄爭搶，而又沒有任何下落的傳國玉璽？」

曹仁道：「據斥候來報，馬騰的部下張濟、樊稠也在弘農一帶蠢蠢欲動，有兵指洛陽之嫌，難不成也是為了那方傳國玉璽？」

「傳國玉璽？聽說袁紹、袁術是最後的爭奪者，那傳國玉璽不在袁紹的手中，就在袁術的手中，洛陽怎麼可能會有傳國玉璽？」曹純不解地道。

滿寵捋了捋下頷上的青鬚，目光裡散發出睿智的光芒，道：「兩年前，群雄為了爭奪傳國玉璽，在洛陽周圍混戰，屍體堆積如山，使得洛水為之斷流，整個洛水都被鮮血染紅，可謂是人間煉鐵啊。進過那次混戰之後，許多群雄都於洛陽喪命，聰明者遠遠避之，直到殺到最後只剩下袁紹、袁術、公孫瓚三方勢力……」

曹仁打斷滿寵的話，道：「袁紹和公孫瓚攻守同盟，共同對付袁術，袁術抵擋不住袁紹和公孫瓚的攻勢，一怒之下於是放了把火，直接將洛陽城付之一炬，最後袁紹、公孫瓚被迫退到河南城，袁術則兵退南陽，至於那傳國玉璽到底在誰的手中，也就成為一個永久的謎……」

「這不是很明顯嘛，一定是被袁紹拿去了，不然的話，袁術幹什麼要放火燒洛陽？」曹純打斷曹仁的話，說出心中的臆測。

滿寵搖搖頭道：「我看不見得……」

「怎麼不見得？」曹純不服氣地道。

滿寵道：「若真是被袁紹拿走了，鄴城已經被呂布、高飛聯手攻克，鄴城也已經成為一座空城了，聽說呂布連袁紹埋藏的寶物都給挖了出來，就連鄴城周圍的墳墓也不放過，這種掘地三尺的方法，**如果袁紹這有傳國玉璽的話，那麼呂布、高飛又為何隻字不提？呂布又為何要渡河南下，直逼司隸？」**

曹純支支唔唔地道：「這個……這個……或許是一種掩飾呢？」

曹仁笑道：「我看未必，呂布行軍如此急切，分明是很怕別人占了洛陽，**難道那傳國玉璽真的在洛陽城的廢墟之中埋著？」**

滿寵道：「那也未必，或許在袁術的手裡也不見得，可能兩年前的那場大火，只是袁術故意做出的一種掩飾，為了掩蓋他得到傳國玉璽……」

「不會吧，以袁術的性格，得到那種重要的東西，他會不宣揚？」曹仁狐疑道。

滿寵笑道：「或許這就是袁術的高明之處，因為當時他經過一場混戰之後實力大減，如果他宣傳自己得到了傳國玉璽，豈不是引別人去攻打他嗎？他和劉表爭奪南陽沒有爭過，被迫到了豫州，占領豫州之後，才稍稍有點起色，經過這兩年的發展，也算是兵多將廣了，近聞袁術又占領了淮南，和占據江東六郡的孫堅形成死對頭，更有襲取徐州之意，此人野心勃勃，昭然若揭。但是，他要是知道傳國玉璽在洛陽的話，肯定會帶兵入洛陽再次爭奪的，我們現在應該靜觀其變。」

曹仁陰笑道：「此事事關重大，必須上報主公……曹純，你秘密帶兵到豫州一帶散布消息，四處宣揚傳國玉璽在洛陽，而且馬騰、呂布都是奔著傳國玉璽去的，如果袁術真的沒有傳國玉璽，他必定會去爭搶，而對於我軍來說，也可以保住並不穩固的徐州。如果他有的話，應該不會去，這樣一試便知他到底有沒有了。」

曹純抱拳道：「諾！末將明白！」

曹仁扭過頭，對滿寵道：「參軍，煩勞你親自跑一趟昌邑，務必將此事轉告主公，一切全憑主公定奪，我魏軍也是時候向外擴張了，否則的話，僅憑兗州一地，根本無法彌補我軍的糧草支付。」

滿寵道：「將軍儘管放心，我現在就去昌邑，但是呂布方面，還請將軍派遣斥候密切監視，呂布虎狼之人，所帶的兵雖然少，可是也是虎狼之師，我軍必定要小心為妙。」

曹仁點了點頭，朝滿寵拱手道：「我一切自有安排，請參軍勿憂。」

「那……在下就此告辭了，將軍請多多保重！」滿寵抱拳道。

「參軍多多保重！」曹仁回禮道。

冀州，信都城。

剛剛從頓丘一路狂奔回來的高飛，連休息的時間都沒有，一進信都城，便立刻到太守府。

太守府中，賈詡、荀攸、荀諶、歐陽茵櫻四人都在，一見到高飛來了，便一起見禮道：「參見主公！」

高飛風塵僕僕，滿身灰土，略有點蓬頭垢面的，一進大廳，便一屁股坐在了上首位置，朗聲問道：「軍師，何事如此慌張？」

賈詡急忙道：「啟稟主公，晉軍的張遼帶兵去了朔方，文醜帶兵從鄴城向西攻打河內，晉軍的軍師、國相陳宮留守在趙郡的邯鄲城，侯成、宋憲則同時被陳宮調到了鉅鹿郡，呂布更是帶兵從黎陽南渡黃河，先攻白馬，再向陳留，短短的數日之內，晉軍的調動變化如此巨大，所以屬下覺得，我軍的機會來了，不得不先請回主公，商議策略，如何蠶食並州。」

高飛道：「諸位皆是我燕軍智囊，你們都有何意見？」

荀諶首先說道：「主公，屬下以為，我軍剛剛擊敗了公孫瓚、袁紹，也剛剛占領冀州不久，民心尚不太穩定，渤海、河間、清河、安平、平原等地都盡皆新占，各地官員除了太守之外，均未得到合理的任命，百姓尚未得到安撫，士兵也略有點疲憊，不宜動兵。應該稍作休整之後，再行進圖。」

歐陽茵櫻反駁道：「荀先生此言差矣，兵貴神速，我軍正是得勝之師，士氣高漲，士兵也都是意氣風發，若是長時間的拖拉下去，只怕會使得士兵士氣懈怠，而且此時也是絕佳的機會。郭奉孝已經成功的潛入到呂布的軍中，呂布的晉軍之所以有如此大的變化，應該就是郭奉孝的傑作。我以為，應該趁熱打鐵，速圖呂布，以迅雷不及掩耳之勢占領黃河以北，恪守各個關隘、渡口，之後再進行統一的休養生息不遲。」

荀攸道：「屬下也贊同展開速攻，如今冀州我軍只占領了一半，那一半等於我軍白讓給晉軍的，而晉軍兵力不足，又太過分散，如果真採取行動的話，會很容易對付。如今並州有四萬、冀州兩萬，河內一萬，呂布帶領著一萬，真正的精銳都在呂布和在河內的文醜手裡，晉軍的狼騎兵雖然驍勇善戰，說白了他們都是匈奴人，匈奴人因為畏懼呂布的武力而背叛加入了晉軍，為呂布打仗，如果主公能夠彰顯出勇武來，足可以威懾住並州的匈奴人，再以金銀籠絡，必然能夠獲得匈奴人的支持，並州唾手可得！」

「主公，張郃已經去了鮮卑單于庭，相信用不了多久，張郃就會回來，到時候鮮卑人率先南下攻打並州，我軍便有了藉口。這一個月的時間裡，就算士兵再怎麼疲憊，也該休息過來了，而且郭奉孝也會在這一個月內有所行動，屬下相信郭奉孝一定會將冀州、並州的兵馬調往司隸的，到時候我軍便可長驅直入而且不用費什麼力氣了！」賈詡也發表自己的意見。

荀諶聽到歐陽茵櫻、荀攸、賈詡都主張出兵，便靜靜地站在那裡，不再吭聲。

高飛聽後，做出結論道：「諸位各抒己見，我十分的欣慰。主戰也好，主張

休養也好，都是為了我軍著想，我認為應該儘快完成驅虎吞狼之計，不能拖太久，**我們之前所做的一切準備，不都是為了得到整個河北嗎？**」

「主公英明！」眾人一起拜道。

高飛笑道：「**我不怎麼英明，可我知道什麼是時勢！**許攸何在？」

賈詡道：「許攸這幾天得了風寒，抱病在家……」

「抱病？我看是心病，罷罷罷，還是我親自去找他一次，和曹操結盟的事情，還真的讓他去才行！」高飛從座位上站了起來，緩緩地下了階梯。

賈詡、荀攸、荀諶、歐陽茵櫻四個人聽後，齊聲問道：「主公，要和曹操結盟嗎？」

高飛停下了腳步，笑道：「對，要和曹操結盟，而且，這次結盟的時間會有點長，占領河北之後，沒有個五年的休養生息，河北不能夠得到穩固，中原何時都可以問鼎，但是**在問鼎之前，一定要先穩固自己的後方**，以治理幽州的方法向整個河北推廣，在河北興修水利、修建新的馳道、鼓勵人口生育、發展農業、工業都是勢在必行的，**我要將河北打造成一個世外桃源。**」

賈詡、荀攸、荀諶、歐陽茵櫻聽後，都覺得高飛很有雄心，一起拜道：「我等必定會竭盡全力輔佐主公成就王霸之業。」

高飛笑道：「好了，大家都散了，我要去見見許攸！」

話音一落，高飛便徑直走出太守府的大廳，騎上馬，朝許攸的官邸去了。

高飛在信都城中穿梭了一陣，拐過幾個巷子，便到了許攸的官邸。

許攸的官邸大門緊閉，高飛下了馬，將馬匹拴在馬樁子上，走到大門前，伸手「咚咚咚」的敲了下門。

「主人早有吩咐，無論誰來，一律不見，客人請回吧。」官邸裡傳出一個老奴的低沉聲音。

高飛冷笑一聲，道：「哦？連我都不見了嗎？告訴許攸，他莫要在我面前裝病，我知道他的身體好好的，讓他出來見我，就說我堂堂大漢的驃騎將軍、天子親自敕命親封的燕侯來了，他若是不出來迎接，我就將他滿門抄斬！」

「撲通」一聲，高飛透過門縫往裡面看，但見老奴嚇得癱軟在地，渾身哆嗦，雙手撐地，額頭上不停掉下斗大的汗珠。

高飛抽出腰中懸著的佩劍，用劍尖將門閂給挑開，推開官邸大門，大踏步地走了進去。

他將老奴扶了起來，笑道：「不要怕，我不是老虎，不會吃你，你且到陰涼處去休息，告訴我許攸在哪裡。」

老奴抬起顫巍巍的手，答道：「我家主人……在……在東廂房！」

高飛將老奴扶到走廊下，徑自向東廂房走去。

來到東廂房時，只見房門緊閉，裡面傳出男女的呻吟聲，他一把推開房門，就見臥榻上，許攸赤身裸體的壓著一個同樣一絲不掛的女人，兩人正在行樂呢。

「許攸！好逍遙自在啊，你的病可有好轉？」高飛朗聲道。

許攸嚇了一大跳，身體抽搐了幾下，被他壓住的女人也驚慌得大叫起來。

高飛冷哼一聲，道：「許攸，我在會客廳等你，收拾好後，就來見我！」

許攸嚇得面如土色，連頭都不敢抬，見高飛走了，這才趕忙起身，匆匆穿上衣服，走出房間。

到了會客廳，只見高飛面色鐵青的坐在正中，眼裡冒著火光，他急忙低下頭，不敢直視高飛，俯身進了大廳，抱拳跪地道：「屬下參見主公，屬下未能遠迎主公，罪該萬死……」

高飛怒道：「你是該死！」

許攸嚇得冷汗直冒，身體不住地顫抖著，吞吞吐吐地道：「屬下……任憑主公處置！」

高飛道：「你詐病在家享豔福，實在是罪大惡極，而且還拒我於千里之外，更是罪加一等，我若不罰你，何以服眾？」

許攸叩頭道：「請主公責罰！」

高飛道：「我罰你將全部家產充入府庫，你可有什麼意見嗎？」

許攸連忙搖頭道：「屬下絕無任何意見，一切全憑主公做主。」

高飛道：「嗯，起來說話。」

「屬下不敢！」

「還有你不敢的？我讓你起來，你就得起來，不然就是抗命！」

「是，屬下遵命！」許攸急忙站了起來。

高飛道：「許攸，現在正是用你的時候，若是你能夠完成此事，我就讓你官復原職，而且還賞給你三個美女。」

許攸聽後，問道：「不知道主公要屬下做什麼？」

高飛笑道：「很簡單，你去一趟平原郡，在高唐宴請曹操，與曹操商議結盟之事！」

「結……結盟？」許攸驚道。

高飛點點頭道：「怎麼，你不願意做，那我可以派其他人去。」

「不不不！主公千萬別誤會，沒有比屬下更瞭解曹操的了，屬下願意去，屬下願意將功折罪。」許攸擺手道。

高飛滿意地道：「嗯，那就好，你今天就出發，曹操應該還在臨淄城，你去平原邀請他，他一定會赴約的，你還要觀察曹操的一切動向！去吧！」

許攸誠惶誠恐地道：「現……現在？就我一個人？」

高飛道：「你不用害怕，平原那裡有臧霸、魏延、蔣義渠等人，他們足夠保護你的。」

「屬下不是怕，屬下是擔心，那曹操一向老奸巨猾，他會和主公簽訂盟約，就說明他一定有問題。」許攸道。

高飛笑道：「好了，我自有分寸，你且去向曹操說明，把他所要簽訂的問題都記錄下來，雙方達成共識之後，便向我彙報，我現在授意你，你全權負責簽約一事。」

「哦，對了，你替我轉告臧霸，讓他負責總督青州段黃河沿岸所有防務，亦有權調動平原、清河兵馬，讓魏延回信都城來。」高飛站起身子，交代道。

許攸「諾」了聲，道：「主公還有何吩咐？」

高飛走到許攸身邊，帶著警告意味的道：「好好幹，千萬別又三心二意，否則，腦袋掉了是小事，遺臭萬年才是大事。」

許攸抱拳道：「諾，屬下明白！」

高飛邪笑了一下，大踏步地走出許攸的官邸，策馬前往校場。

校場上，太史慈、韓猛領著袁紹的十萬降兵正在操練。兩人都是屬於治軍嚴謹的人，所以在訓練士兵的方法上大同小異，更何況兩人都以張郃為對手，私下談了幾句之後，一拍即合，頓時變成一對無話不談的好朋友。

「**有競爭，才有壓力，也才有動力**，希望這十萬降兵能夠在短時間內被訓練成一支軍容整齊的隊伍，到時候張郃歸來，將十萬人一分為三，兵指並州則是指日可待。」高飛看到兩人的訓練情形後，很是欣慰地道。

司隸，滎陽。

呂布帶領大軍進入到滎陽地界，這一帶的百姓已經差不多兩年都不交賦稅了，因為洛陽被毀於一旦之後，司隸便成了不祥之地，除了殘破的洛陽城外，其餘城池都完好無損，可是諸侯卻因為種種原因而不能占領洛陽，以至於司隸函谷關以東的地方就成了無主之地。

「前面還有多遠可到虎牢關？」呂布帶著一絲的疲憊，問道。

魏續答道：「啟稟主公，還有不到五十里。」

呂布嘆道：「想當年虎牢關前的那一場大戰，可真是驚天地泣鬼神，我獨自一人面對群雄聯軍那麼多員猛將，鬥的是如癡如醉，到現在我還記憶猶新。」

郭嘉聞言道：「主公天下無雙，試問群雄誰敢不服?!到了洛陽之後，勢必能夠成為一代明君。」心中卻想道：「單論武力，天下少有人能夠抵擋呂布，如果他甘願忠心為將的話，跟隨主公帳下，或許能夠讓主公事半功倍，只可惜，**呂布骨子裡的那種桀驁不馴，顯示了他不甘為人下的野心，終究只會成為這天下大亂中的過眼雲煙。**」

呂布聽後，哈哈大笑道：「郭晉有一張靈巧的嘴，雖然知道你們在拍馬屁，不過我還是很高興。全軍加速前進，進入虎牢關內便歇息一天，明天再走！」

「諾！」

第四章

無間道

高飛笑道：「這齣無間道，奉孝你演得不錯，不過，這還不夠，還要繼續演下去。既然呂布已經離不開你了，而陳宮又遠在冀州，那這樣一來，呂布就會聽從你的擺布。奉孝，你在呂布的軍中可有危險？」

夕陽西下，晚霞滿天，微風徐徐的吹來，站在虎牢關城牆上的呂布感到十分的愜意。

呂布轉過頭，對郭嘉道：「郭晉，傳令下去，讓曹性帶領兩千人駐守**虎牢關，這裡是關東通往洛陽的必經之地，也是扼住其咽喉的關鍵之地**，只要有人緊守此處，便能形成一夫當關萬夫莫開的局面，為了以防萬一，必須占領此處。」

郭嘉「諾」了聲，見呂布臉上自信的表情，想道：「呂布此人倒是不傻，如此重要的地方，他若是不占領的話，不出一個月必然敗亡，看來他還是有點小聰明的。」

魏續拱手道：「主公，如果再分兵的話，那我軍到洛陽就只有八千人了，我聽說張濟、樊稠帶來兩萬兵馬，萬一爭奪起來，我軍寡不敵眾怎麼辦？」

呂布哈哈笑道：「有我在，張濟、樊稠就算帶來十萬兵馬也不足慮，我帶領的都是我晉軍精銳，無不以一當百，區區張濟、樊稠不過是跳梁小丑而已，何足掛齒?!只要我一到洛陽，諒他兩人不敢輕舉妄動。」

郭嘉進言道：「主公神威無敵，確實是天下無雙，然而我軍長途奔襲，人馬疲憊，不得不做一下預防，屬下以為，可令文醜帶兵從河內先行趕赴洛陽，占領河南城，與洛陽城形成犄角之勢，一來可以抵擋張濟、樊稠，二來也可以拱衛洛陽，河內之地可以令國相大人派人去駐守。」

呂布想都沒想便道：「好，就照你的話去辦，讓文醜帶兵入洛陽，我軍在此休息一天之後，再去洛陽不遲。」

「諾！」郭嘉心裡竊笑道。

入夜後，眾人用過晚飯後，大多已經休息了，呂布讓曹性帶兵巡夜，自己則是叫來了高順。

「屬下參見主公！」高順來到呂布房間，拱手道。

呂布擺手道：「你我不需要如此客氣，現在四下無人，皆可以兄弟相稱。」

「屬下不敢！」

「沒什麼敢不敢的，你的為人，我心裡是知道的，你坐下，我有話問你。」呂布指著身邊的一張座椅，緩緩地道。

高順「諾」了聲，端坐下來，等候呂布的問話。

「如今我軍兵力不足，今又要占領洛陽龍興之地，要修復大漢都城的話，肯定要花去不少時間和錢財，以你看，我軍是否應該進行舊都修復？」呂布問。

高順道：「啟稟主公，郭主簿的建議，屬下以為沒有什麼不可，但是其中卻也有不少弊端，我軍剛剛占領半個冀州，現在突然來到司隸，占領的地方太多，兵力容易分散，一旦有人前來攻打的話，我軍很可能會疲於奔命，一時間兵力很難聚攏，這樣對我軍大大的不利。」

「嗯，你說的不無道理，那以你之見，我軍該如何是好？」

高順道：「屬下以為，修復舊都工程浩大，非一朝一夕所能完成。既然我軍已經到了司隸，就應該先在司隸站穩腳跟。河南城離舊都不遠，城池也很堅固，主公不如就暫時以河南城為根基，先穩定了周邊局勢，再派人去向各個諸侯示好，如此方為上策。」

呂布狐疑道：「你讓我去主動向其他人示好？」

高順道：「正是，**司隸東邊是曹操，南邊是劉表，東南有袁術，西北又有馬騰，東北是高飛，可謂處於四戰之地**，若不妥善處理好這些關係，肯定會適得其反。」

呂布冷笑道：「曹操、劉表、袁術、馬騰都是碌碌之輩，我唯一擔心的只有高飛，只要他不給我在背後使絆子，一切都好說。」

高順道：「主公，那就立刻派遣一位使者趕赴信都城，先行和高飛訂立盟約，只要盟約一成，高飛公然對我軍發動進攻，必然會受到天下人的唾罵，信義也會大失。另外，魏侯曹操也是一個不可小覷的角色，如今曹操獨霸兗州、徐州、青州之地，勢頭正盛，已經成為中原一霸，必須要嚴防緊守才是，加上主公先攻克了白馬，又從陳留穿行而過，必然會引起曹操的疑慮。」

「我已經派曹性駐守虎牢關，有此關在，諒曹操有再多兵馬也休想突破。不過高飛倒是個問題，這小子表面上對我很恭順，誰知道暗地裡有沒有幹什麼見不得人的勾當，陳宮不在，你又不能離開我，其他人我又怕弄巧成拙，你說我該派誰出使燕國才好呢？」

「屬下以為，新任行軍主簿郭晉便可以擔當此任。」高順進言道。

呂布想了想，道：「嗯，我也覺得他比誰都合適，那就他吧，除了他，我還真想不出第二個人來……」

「來人！」呂布朝門外大聲喊道。

從門外進來一個親兵，拱手道：「主公有何吩咐？」

「叫郭晉到我這裡來，我有重要事情吩咐！」

「諾！」

郭嘉正在清點軍中的糧草、錢財，好不容易點算完畢，心中想道：「呂布的這些糧草、錢財完全夠他開支三年，如此龐大的財力必須得想辦法慢慢

的削弱才行……」

「主簿大人，主公有請，說有要事相商！」呂布的親兵找到郭嘉，抱拳道。

郭嘉淡淡地道：「嗯，知道了，我這就去。」心裡尋思道：「呂布這個時候叫我，不知道為了什麼事情？」

郭嘉快步走到呂布的府邸，一進門便見高順坐在那裡，便有些忐忑不安，想道：「難道出什麼事了？」

「屬下郭晉，拜見主公，見過高將軍！」郭嘉行禮拜道。

呂布擺手道：「不必多禮，我叫你來，是有一件非常重要的事要你去辦，這件事關係重大，除了你，我想不到還有誰能夠辦妥此事。」

郭嘉聞言道：「不知道主公所指何事？」

呂布道：「我想讓你擔任使者，出使信都城，去見燕侯高飛，將我的意思轉達給他，希望和他結成攻守同盟的盟友，世代友好下去。」

郭嘉暗喜道：「屬下遵命，不知道何時出發？」

「越快越好，最好今天就走，你早去早回，我早晚還有事情要和你商量。」呂布道。

郭嘉道：「那，屬下這就去收拾行裝……」

「嗯，另外，我再派幾個人跟你一起去，沿途也可以保護你的安全。」

「不用了，屬下一個人目標較小，人多了反而容易壞事。」

「那好吧，你一路上多加小心，穿州過縣的，十分不方便，你就告訴高飛，只要他願意結盟，我就奉送他大批金銀珠寶。」

郭嘉「諾」了聲，轉身離開大廳，暗自竊喜道：「這個時候回去，正好和主公商量一下該如何對付呂布，**真是天助我也！**」

他迅速地收拾行裝，騎上戰馬，便馳出虎牢關，向北奔去。快馬急奔五里後，停在一個樹林中，學著布穀鳥叫了幾聲。

從一棵大樹後面轉出來一個人，那人正是燕軍斥候林楚，他見郭嘉到來，趕忙迎上前去，問道：「參軍獨自一人到此，可是有什麼要事嗎？」

郭嘉道：「我要回信都城，你負責監視呂布的一舉一動，等我回來之後，你需要向我報告一切。」

林楚怔了一下：「參軍要回信都城？」

「嗯，情況有點變化，正好我回去可以和主公商量如何進行下一步的計畫，**呂布不除，河北無法安定，必須要儘快除去呂布才行。**」

林楚道：「那參軍一路上多加小心，屬下會嚴密監視呂布的動向，等參軍回

來之後，就會一五一十的報告給參軍的。」

郭嘉點點頭，一聲大喝，策馬向北而去。

青州，臨淄城。

太守府中，曹操端坐在正中，環視著下面站著的眾位將軍，朗聲道：「這次青州之行，諸位都勞苦功高，尤其是劉玄德，單憑一張嘴便說服了大半個青州的郡縣投降，可謂立下首功，不知道你想要什麼樣的賞賜？」

劉備面無表情地站在那裡，身後關羽、張飛侍立左右，向前跨了一步，抱拳道：「備不敢有所奢望，一切全憑侯爺做主！」

曹操道：「哦，既然如此，那這樣吧，你且暫代左將軍之職，等我回到昌邑之後，便上書天子，派人帶著奏摺趕赴長安，保奏你為左將軍，豫州牧，你看如何？」

「豫州……豫州牧？豫州不是已經被袁術占領了嗎？」劉備驚詫地道。

曹操嘿嘿笑道：「是啊，豫州雖然被袁術占領了，可是不久將會成為我的屬地，袁術不過是塚中枯骨而已，雖然兵多將廣，可手下卻無甚能人，我早晚都會將他擒住的。所以，先行讓你擔任豫州牧，另外，我希望你能夠先到徐州的下邳當太守，不知道你可否願意？」

劉備暗暗想道：「曹操的心裡究竟打的是什麼主意，讓我做左將軍、豫州牧，又讓我去徐州的下邳當太守？」

他想不通其中玄機，但還是答應了下來，拱手道：「既然是侯爺的意思，那劉備就恭敬不如從命了，不知道何時啟程？」

曹操道：「現在就啟程，帶上你的部下去下邳就任，印綬我會派人去送給你的。」

劉備道：「諾，那劉備就此告辭！」

曹操擺擺手，道：「嗯，去吧。」

劉備轉身離開大廳，帶著關羽、張飛走了出去。

曹操見劉備走了，和藹的臉色立刻變得有些猙獰，道：「曹洪，你火速集結虎豹騎，抄小路，先行趕赴下邳，連同下邳太守車冑，等劉備等人一到下邳，就立刻將其斬殺！」

戲志才急忙站了出來，勸阻道：「不可！主公萬萬不可！」

曹操道：「為什麼？」

戲志才道：「劉備的結義兄弟關羽、張飛皆是萬人敵，而且劉備現在投靠了

主公，主公若是不分青紅皂白的就將他斬殺了，以後天下的仁人志士，誰還敢來投靠主公？」

「**大耳朵不死，必會成為禍害**，高飛沒有弄死他，我一定要弄死他！」曹操恨恨地道。

戲志才道：「要殺劉備也不難，如今袁術正兵指淮南，在和孫堅爭奪淮南之地，主公和孫堅關係匪淺，不如出兵相助，委派劉備為大將，給他一兩千老弱殘兵，讓他去支援孫堅和袁術為敵。這樣一來，主公便可**借刀殺人**了。」

于禁抱拳道：「軍師言之有理。袁術兵多將廣，錢糧廣集，帳下更有紀靈、張勳等大將，諒劉備那區區一兩千殘兵，如何抵擋得住紀靈、張勳？就算他潰敗而回，不被袁術的兵將所殺，主公也可以用軍法處置，這樣一來，殺劉備就等於名正言順了。」

李典道：「屬下也以為此法可行！」

曹操尋思了一下，道：「好，就用這個計謀。曹洪，你帶領一百虎豹騎到下邳，接管下邳的軍隊，讓車胄暗中挑選一些老弱殘兵。」

曹洪抱拳道：「主公放心，我一定會殺了大耳賊的，屬下就此告辭！」

話音落下，曹洪轉身離去，臉上帶著一絲興奮。

曹操隨即吩咐道：「青州剛下，百廢待舉，需要有人鎮守此處……于禁，你為青州刺史，屯兵此處，替我管理青州，等我回到昌邑後，會調遣一些官吏來給你擔任幕僚，這樣的話，你這個青州刺史才能做的得心應手。」

于禁見曹操如此器重他，拱手道：「多謝主公提拔，我一定會竭盡全力將青州治理好的。」

曹操哈哈笑道：「夏侯淵在徐州，你在青州，這青、徐兩地皆是我軍歷盡千辛萬苦才打下來的，你們務必要好好治理，以後青州、徐州或許會成為我魏軍的根基之地。」

戲志才咳嗽了兩聲，拱手道：「主公，眼下最要緊的是趕緊和高飛訂立盟約，只要盟約一成，我軍才有機會好好的發展青州和徐州，這樣一來，我軍的糧草才能夠充足。」

曹操「嗯」了一聲，緩緩地道：「也不知道董昭到底走到哪裡了，去了那麼久，也該回來了。」

「主公……」董昭從門外跨進大門，叫道。

曹操哈哈笑道：「你來得真快，快點告訴我，高飛是什麼意思？」

董昭朝曹操拜道：「啟稟主公，正如主公所預料的一樣，高飛同意訂立盟

約，但是時間、地點都由他來定……」

「啟稟主公，燕軍使者來了。」一個親兵打斷了董昭的話。

曹操道：「快傳！」

不一會兒，一個瘦個子的人走了進來，遞上一封書信，道：「這是我家主公親筆所寫，請魏侯過目。」

曹操拆開看後，道：「你回去轉告你家主公，就說我曹操會遵循信上所寫。」

待燕軍使者離開，曹操拿著信大笑道：「高飛居然派遣許攸來做訂立盟約的全權代表，實在是出乎我的意料，不過這樣也好，有許攸出面，這盟約訂立起來就簡單的多了……」

「主公——」滿寵這時風塵僕僕地走了進來，神色慌張地道：「大事不好了……」

所有人的目光都移到滿寵的身上，曹操急忙問道：「出什麼事了？」

滿寵上氣不接下氣地道：「主公，呂布……呂布南渡黃河，先克白馬，之後經陳留朝司隸方向而去，屬下以為……屬下以為……」

「慢慢說，別急！」曹操道。

滿寵喘了口氣，接著說道：「屬下認為，這和兩年前失蹤的傳國玉璽有關，而且馬騰軍的張濟、樊稠也向洛陽進兵了。」

曹操聽後，哈哈大笑道：「**看來高飛又想再一次將諸侯玩弄於股掌之中**，兩年前的那次玉璽紛爭，弄得洛陽城被大火燒毀，現在又想故技重施了……不過，我曹操是不會上這種當的。」

滿寵見曹操不信，便道：「主公難道不想分一杯羹嗎？那可是傳國玉璽啊！」

曹操道：「**螳螂捕蟬，黃雀在後**，若真是為了傳國玉璽的話，出兵也不無不可，可是我軍現在並不能輕舉妄動，至少現在不行，只能靜觀其變。」

戲志才道：「主公英明！屬下以為，可將傳國玉璽的消息散布出去，相信在洛陽周圍的幾個諸侯都會去搶奪，等他們為了玉璽打得不可開交的時候，我軍再主動出擊，襲其背後，必然能夠取得不小的成就。但是當務之急，就是要和高飛訂立盟約，一旦盟約形成，我軍便可以安心的發展，廣集錢糧、招兵買馬比什麼都重要。」

曹操點點頭道：「區區一個石頭，沒什麼好爭的，這玉璽是個燙手的東西，誰拿了都不會有好下場，但是**我堅信，到最後，這玉璽一定會落入我的手中！**」

在場的戲志才、董昭、滿寵、于禁、李典、樂進、典韋、許褚都齊聲拜道：

「主公英明！」

曹操笑道：「滿寵，你既然遠道而來，也不能讓你白來，你之前去過一次燕國，見過高飛，這次還是要你親自跑一趟，先去平原郡和高飛帳下的許攸進行交涉，然後達成一致協議之後，再行簽訂盟約。」

滿寵道：「屬下明白，只是，袁術已經蠢蠢欲動了，不知道主公該如何對付他？」

曹操笑道：「袁術和劉表、孫堅都不合，現在為了和孫堅爭奪淮南，已經互鬥了差不多大半年了，劉表雖然一直沒有動靜，我想他也是在等待著什麼，只要時機成熟，必然會出兵攻擊袁術。恰好這一次傳國玉璽出現，我相信劉表應該不會坐視不理，只要他在南陽的兵馬一動，袁術必然會襲擊其背後，有劉表、孫堅替我牽制著袁術，短時間內應該不會有什麼危險。」

「屬下明白了……」滿寵道。

曹操道：「好了，青州就交給于禁了，其餘人都跟我回昌邑，我要靜觀司隸一帶的情況，如果遇到對我軍有利的，就必須出擊。」

「諾！」

州，信都城。

校場上，高飛看著太史慈、韓猛在訓練士兵，心中也是澎湃不已，十萬趙軍降兵在他們兩人的手裡，經過短短幾天的訓練，便成為一支紀律嚴明的部隊，他感到很是欣慰。

休息時，高飛將太史慈、韓猛叫到身邊，關切地道：「天氣那麼熱，真是辛苦兩位將軍了。」

太史慈、韓猛抱拳道：「不辛苦。」

高飛笑道：「真沒想到，你們能把懶散的士兵訓練成這樣，我實在是佩服不已啊。」

太史慈道：「主公，這些本來就是趙軍的士兵，對於軍隊的制度還是知道的，所以比新兵要好訓練的多。主公，不知道我們何時對呂布開戰？我都等不及了！」

高飛笑道：「快了，再等些日子，整個河北就會成為我軍的囊中之物了！」

太史慈的眼裡散發出異樣的光芒，興奮地道：「主公，如果真的要和晉軍開戰了，就讓我為先鋒吧，我一定不會讓主公失望的！」

韓猛也附和道：「主公，屬下也願意為先鋒……」

「韓猛，你幹什麼和我爭啊？」太史慈扭臉喊道。

韓猛絲毫不讓地道：「總之我這個先鋒當定了。請主公成全……」

「主公，你別聽他的，先鋒應該我當……」太史慈抗議道。

高飛見太史慈和韓猛剛才還好好的，突然變得針鋒相對起來，喝阻道：「夠了，吵什麼吵?!誰當先鋒，我心中有數！韓猛，你跟我來一趟，我有話和你說！」

韓猛瞥了太史慈一眼，跟著高飛走了。

太史慈哼了聲，心中想道：「虧我還把你當成兄弟，沒想到你也要和我來搶功，你和張郃是一路貨色，到時候我一定要爭取得到先鋒的位置，親自率部攻打下並州，這樣一來，我的功績就能蓋過張郃了。」

太史慈回到訓練場上，用力吼道：「都給我訓練，別偷懶！」

韓猛跟著高飛走出校場，來到一座軍營前。

韓猛心想：「我自從投靠主公以來，主公還從未單獨召見過我，這次突然召見我，難不成我犯了什麼事嗎？」

他見高飛停下腳步，急忙問道：「不知道主公喚我何事？」

高飛道：「其實也沒什麼事，就是想問你一些問題！」

「主公有話儘管講，屬下定當知無不言。」

「嗯，你投靠我也有小半個月了吧？」

「是的，主公！」

高飛道：「聽說，你和張郃是同鄉？」

韓猛點點頭。

高飛道：「這次攻打並州，我想讓你擔任先鋒，帶領你的舊部一起立功，等攻下並州之後，便由你留守並州，出任並州刺史一職，你覺得怎麼樣？」

韓猛怔了一下，道：「屬下多謝主公厚愛，只是屬下並非治理地方的人才，屬下以為，辛毗、逢紀、陳震、陳琳等人都有這方面的才華，主公不妨從這四個人裡面挑選，要比屬下更能夠勝任。」

高飛笑道：「韓將軍居功不自傲，還能唯才是舉，確實是不可多得的一員大將。然而辛毗、逢紀等人，我已經讓他們在冀州留守了，所以只能委任一人去鎮守並州，我思來想去，還是覺得你最合適。」

韓猛見高飛對他如此器重，感激地道：「韓猛何德何能，竟然能夠受主公如此垂青。」

高飛伸出手，拍了拍韓猛的肩膀，鼓勵道：「你是個將才，張郃在去鮮卑單于庭之前，留了一封書信給我，他在信中大力舉薦你，說你的能力不在他之下。這幾天我到校場看你練兵，發現你確實有極大的人格魅力，那些投降的趙軍士兵在你的帶領下變得生龍活虎，這就說明你有獨到之處。一旦時機成熟，你和太史慈將分別為左右先鋒，同時率領大軍入並州，這可是個難得的機會，到時候你一定要好好表現，我已經令人去將張南、蔣義渠等將人調回來了，到時候就由你率領本部兵馬大顯神威。」

韓猛感激涕零，跪地拜道：「主公對韓猛如此恩寵，韓猛必定以死相報，此生對主公忠貞不二，至死不渝！」

高飛親自將韓猛扶了起來，笑道：「你是位好將軍，但是若非張郃的鼎力推薦，我也不會賦予你這麼重要的任務。你和張郃之間的恩恩怨怨，我都知道了，過去的事就讓它過去吧，何必那麼執著呢？」

韓猛擦拭了下眼淚，拜服道：「主公說的是，韓猛謹記心中。」

高飛又道：「嗯，太史慈和張郃也有點不和，但只是意見相左、互相不服而已，並不是仇恨對方，所以，我希望你和太史慈一樣，能夠和張郃保持這種微妙的關係，有競爭才會有動力，你說是不？」

韓猛明白了高飛的意思，再次拜道：「屬下明白，屬下一定會努力做好的。」

「呵呵呵，那就好……」

「主公！」賈詡從遠處趕來，打斷了高飛的話，「郭嘉回來了……」

高飛一聽，急忙道：「奉孝現在何處？」

賈詡道：「正在大廳等候主公！」

高飛歡喜道：「韓猛，你且回去繼續練兵，告訴太史慈，你和他將同為先鋒。」

「諾！」韓猛抱拳道。

高飛吩咐賈詡道：「軍師，快去召集荀攸、荀諶、歐陽茵櫻過來，奉孝回來，必然帶來重要的消息，如果對付呂布，我們必須商量出一個對策來……哦，把王文君也一起叫來！」

「奉孝，我來了，你在哪裡？」走進太守府的高飛抑制不住心中的喜悅，大聲喊著。

太守府中，郭嘉端坐在那裡，剛喝完一杯水，便聽見高飛的聲音，急忙站起身來，拱手道：「屬下參見主公！」

高飛上前將郭嘉緊緊地抱在懷裡，笑道：「我的奉孝，你總算回來了，這一去差不多有半個月，我每天都在擔心你啊！」

郭嘉被高飛緊緊地抱住，感到有些尷尬，他哪裡見過高飛有如此失態過，可是雖然很不習慣，心裡卻是熱乎乎的，這說明高飛很在意他。

此時，賈詡、荀攸等人亦從外面走了進來，看到高飛抱著郭嘉，都略感吃驚。

「咳咳……」郭嘉被抱得差點喘不過氣來，咳嗽了兩聲。

高飛急忙將郭嘉鬆開，將郭嘉親自扶到座椅上，關心地問道：「奉孝，你身體不舒服嗎？」

郭嘉搖頭道：「屬下身體好著呢，只是剛才被主公那麼一抱，差點沒喘上氣來，所以……多謝主公關心！」

高飛這才放下心來，印象中，郭嘉英年早逝，他生怕郭嘉會像歷史上一樣早早的帶病辭世，所以對郭嘉的身體很是關心。

「沒病就好，嚇死我了，你要是真病了，那我非要網羅天下名醫不可，對了，有機會我去尋找一下華佗和張機，這兩個人都是當代名醫，華佗主攻外科，張機主攻內科，要是能有這兩名醫生在我的燕國境內，那我軍就不用害怕什麼大大小小的病了。」高飛順口道。

眾人聽著高飛的話，都有點稀裡糊塗的，但是幾人還是表現出該有的反應，一起向高飛道：「願主公心想事成。」

高飛見人都到齊了，便道：「人既然都到齊，現在就可以開會了。奉孝，你且先說說呂布軍的動向和實際情況。」

「諾！」郭嘉拜道：「呂布已經被我成功說服到洛陽一帶，如今占據了原來舊都附近的一些城池和關隘，文醜帶兵從河內進駐河南城，和呂布會合在河南城，馬騰軍的張濟、樊稠聽到這一消息後，便又退回了函谷關。我在回來的路上還聽到一個傳言，說傳國玉璽就埋在洛陽的廢墟下，呂布想將其竊為己有。」

「這我也聽說了，難道這傳言不是你讓林楚散布出去的？」賈詡反問道。

郭嘉搖搖頭：「我已經取得呂布的信任，成為呂布的行軍主簿，早晚都會在呂布身邊，很難有離開的機會，我根本沒有時間去見林楚，而且呂布見過林楚，所以我便讓林楚遠遠相隨。」

賈詡訝異道：「這就奇怪了，既然不是你，那是誰？難道……」

「應該是魏軍所為！」荀攸冷不丁冒出一句話。

歐陽茵櫻接口道：「也只有魏軍了，畢竟呂布大軍所過之處，是先攻克了白馬，再經陳留進入司隸的。奉孝，**讓呂布攻擊曹操的地盤，這是你的傑作吧？**」

郭嘉笑道：「歐陽姑娘果然是明察秋毫啊……」

「錯！是歐陽參軍！我現在是參軍，請不要把我當作是一個女人來對待，主公也說過，這裡不分男女！」歐陽茵櫻不滿地道。

郭嘉乾咳了兩聲，清清嗓子道：「是是是，歐陽參軍。我只是想讓呂布得罪一下曹操而已，我知道曹操遠在青州，根本無法顧及兗州之事，而且呂布突然南渡黃河，以迅雷不及掩耳之勢攻取白馬，必然會引起魏軍的恐慌，我是想給呂布多豎立一個敵人，這樣一來，牽制呂布的人就多了一個，那樣對我軍取得河北來說，也會更加容易。」

高飛笑道：「這齣無間道，奉孝你演得不錯，不過，這還不夠，還要繼續演下去。既然呂布已經離不開你了，而陳宮又遠在冀州，那這樣一來，呂布就會聽從你的擺布。奉孝，你在呂布的軍中可有危險？」

郭嘉搖搖頭道：「主公放心，我一點危險都沒有，唯一對我有威脅的陳宮已經被我遠遠支開，而且他派人送給呂布的信箋，都被我用模仿呂布的筆跡回覆了，信中多是斥責陳宮的話，用不了多久，陳宮一定會背離呂布的。」

高飛嘉許道：「你做得很好，但是陳宮是個陰險的角色，兩年前我在虎牢關前認識他時，他是張邈的行軍主簿，誰知道張邈一死，他不帶兵歸附曹操，反而去依附呂布，只能說這傢伙的眼光很獨到，這兩年呂布在並州能長治久安，多虧了有陳宮在，不然，呂布早就被那些匈奴人給吞噬了。但是我能夠看得出來，陳宮絕不會來投靠我，所以我也不需要手下留情，**你要想辦法讓呂布親手殺了陳宮。**」

郭嘉「諾」了聲，感到肩上的擔子越來越重了。

「主公，這次呂布讓我來見主公，是以使者的身分想和主公聯盟，不知道主公意下如何？」

賈詡道：「呂布想和我軍聯盟，也是一種示弱的表現，他想看看我軍是什麼反應，然後定奪以後的路該怎麼走。屬下以為，主公不妨答應下來，但是要推遲訂立盟約的日子，這樣一來，只要再過半個月，鮮卑人就能夠進攻並州了，晉軍兵力必然會有所調動，我軍便可靜觀其變，伺機而動。」

高飛看了看一直沒有發言的王文君，見他聽得津津有味的，便問道：「王文君，你有什麼意見儘管說來聽聽，在這裡可以暢所欲言，不用擔心什麼。」

歐陽茵櫻插話道：「是啊，主公一向開明，廣開言路，你有什麼話就說出來，千萬別憋在心裡，會憋出病的。」

荀諶曾經和王文君一起挖過河道，深知王文君的為人，便道：「王校尉，主公面前，可以暢所欲言，不必忌諱太多。」

王文君點點頭，起身抱拳道：「啟稟主公，屬下以為，不可與呂布訂立盟約，若是與呂布訂立盟約，那以後再反戈一擊的時候，就會失信於天下，主公也會成為一個毫無信義可言的人，以後仁人志士誰還敢來投靠主公？」

郭嘉聞言道：「主公，王文君說的也不無道理啊。」

高飛反問道：「那以你之見，我軍該當如何？」

王文君侃侃說道：「屬下以為，可當即回絕呂布，與他就此斷絕關係，另外放出消息，就說呂布已經在洛陽城得到了傳國玉璽，欲自立為帝，主公應該發起檄文，號召天下共同起兵討伐，就如同當年討伐董卓一樣，諸侯大軍彙集，共同翦滅呂布！」

高飛環視眾人，見眾人皆有所感，便道：「諸位以為如何？」

賈詡、荀攸、荀諶、歐陽茵櫻、郭嘉異口同聲道：「我等深表贊同！」

高飛隨即朝門外喊道：「讓陳琳來見我！」

門外的親兵立即傳令去了。

第五章

諸葛孔明

劉備見那孩子面色不改，越發覺得奇怪，抬手示意關羽不要動怒，和藹地問道：「我就是劉備，不知道小先生如何稱呼？」

那孩子逕自向前，「撲通」一聲跪在地上，道：「劉將軍在上，請受我諸葛孔明一拜！」

不多時，陳琳來了，見高飛和他的智囊都在，抱拳道：「屬下陳孔璋參見主公，不知道主公喚我何事？」

高飛放下手中的茶，走到陳琳面前，挽著陳琳的手，將其拉到大廳的一邊座位上，並深深地向陳琳鞠了一個躬。

陳琳誠惶誠恐地道：「主公，這可使不得……」

高飛道：「我敬重先生文采，理應拜上一拜，何況今日我又有求於先生，更該對先生禮遇有加才對。記得我剛從涼州被選為羽林中郎將，進入洛陽時，便在大將軍何進府中和先生結識，如來已有三年了，老友重逢，自然是喜上眉梢。」

陳琳見高飛對他如此禮遇，嘆道：「敗軍之將，何以言勇，只恨孔璋眼力不足，當初洛陽大火時，我沒有選擇跟著主公一起走……唉！」

「呵呵，現在也不晚，我們不是又見面了嘛，先生也不用總是以敗軍之將來自降身分，先生之文采，天下少有，如今先生是冀州治中，就應該拿出冀州治中的身分來。」高飛道。

陳琳心服口服，拜道：「不知道主公需要孔璋做什麼，只要是孔璋力所能及的，必會以死相報。」

高飛看著這個在中國歷史上赫赫有名的「建安七子」之一的陳琳，便道：「我不要你死，要你好好的活著，只要你動動筆就可以了。」

陳琳道：「那簡單，主公需要寫些什麼，孔璋必定竭盡全力。」

高飛道：「我要你寫一份**討呂檄文**，就說呂布將大漢瑰寶傳國玉璽竊為己有，欲在洛陽自立為帝，號召天下英豪暫時屏棄前嫌，共同興兵討伐呂布！不知道先生需要多久能夠寫出來這道檄文？」

陳琳思慮一下，道：「主公待我如父母，我孔璋無以為報，只有以此來報答主公。請主公給我準備紙筆，我現在就可書寫討呂檄文！」

「壯哉！先生真是高才也！」高飛歡喜地拍了下手，對門外的親兵道：「準備紙筆！」

親兵立即將紙筆帶了上來，將一卷長長的白紙攤在桌子上，高飛則親自為陳琳研磨。

陳琳感動不已，等待一切準備就緒，便拿起毛筆，稍加思索一番，隨即大筆一揮，洋洋灑灑三千多字便呈現在白紙上。

不多時，陳琳一揮而就，道：「啟稟主公，屬下已經完成，請主公過目！」

高飛及賈詡、郭嘉等人都大吃一驚，沒想到陳琳能在這麼短的時間內寫完，

好奇之下，便圍了上去。

眾人見那篇檄文字跡娟秀，筆走龍蛇，無不佩服陳琳的文采及書法造詣，從頭到尾讀完，頓時感到熱血澎湃，雙拳不覺地緊緊握在著，恨不得現在就一拳將呂布打死，生生的將呂布的皮扒掉，吃他的肉，喝他的血。

高飛看完，意猶未盡，又看了一遍，心中暗道：「歷史上，袁紹讓陳琳寫討伐曹操的檄文，曹操看完陳琳所寫的檄文之後，頭痛便立刻好了，我只以為這是歷史學家的誇張之言，今日看到陳琳所寫討呂檄文，字字珠璣，環環相扣，才肯定陳琳確實有這樣的實力。以筆為刀，陳琳撰寫的檄文讓人看後大快人心，建安七子之一的陳琳果然名不虛傳！」

「好！」賈詡忍不住大聲叫好。

荀攸、荀諶、歐陽茵櫻、王文君、郭嘉等人也都紛紛誇讚陳琳文采。陳琳則謙虛地一直說「不敢當」。

「真痛快！這份檄文若是發出去，天下群雄誰不響應?!呂布大勢已去，只這道檄文，便能讓他身敗名裂！」高飛又看了第三遍，讚不絕口。

高飛對陳琳道：「你是我見過的最厲害的人，以後就留在我的身邊，給我當秘書，替我處理公文吧！」

「秘書？」陳琳一臉疑惑。

高飛道：「別管是什麼，只要你跟著我，年俸為兩千石！」

陳琳一聽，這種待遇可是一郡太守的俸祿，他在袁紹手底下當官也不過才六百石，如今突然高出這麼多，便歡喜地道：「多謝主公！」

高飛道：「賈詡，將這份檄文官署傳抄，命人送達魏國、吳國、楚國、宋國以及關中和涼國的各個州郡張貼，一個月之內，必然能夠再次掀起當年討伐董卓之浪潮！」

「諾！屬下這就去辦。」賈詡帶上檄文，迅速離開了大廳。

高飛轉身對郭嘉道：「奉孝，你繼續上演無間道，其他的事你就不用操心了，等呂布敗亡後，你再回來不遲！」

「無間道？」郭嘉費解地道。

高飛笑道：「你不需要理解什麼是無間道，你現在就是我高飛的**金牌臥底**，只需要做好你的臥底工作就可以了。我只給你兩個任務，一是想法設法離間呂布和陳宮的關係，二是想盡一切辦法讓呂布走向滅亡。」

郭嘉尋思了一下，頓時感覺到肩膀上的擔子又重了許多，問道：「主公希望呂布何時敗亡？」

高飛道：「至少在我拿下並州之前，他還不能死，如果他敗亡的太早，我就無法獨吞河北。既然呂布對你如此的信任，你就讓他全部聽命於你，檄文發布出去後，我會率部攻打冀州，其餘諸侯會共攻洛陽，你就用你的智謀幫呂布打幾個勝仗，讓他完全依賴你之後，再將他推入到深淵之中。」

郭嘉道：「屬下明白主公的意思了，那屬下這就回去回絕呂布！」

「嗯，奉孝，你要多加小心，呂布雖然沒有疑心，可是他身邊的高順、文醜卻不一樣，你務必要設法保護自己。」高飛叮囑道。

郭嘉道：「屬下明白了，主公儘管放心，那屬下這就告辭了……」

高飛臉上露出了不捨，可還是向郭嘉揮了揮手，動容道：「奉孝，一路保重，這次平滅呂布，就全靠你了。」

郭嘉點點頭，向高飛躬身一拜，便朝大廳外走去。

看著郭嘉離開的背影，荀攸走到高飛身邊，道：「主公，郭奉孝年輕有為，智謀過人，呂布軍中又沒有什麼智謀之士，陳宮在冀州，張遼在並州，剩下的高順、文醜之輩就不足為慮了，相信晉軍定然會被郭奉孝玩弄於股掌之間的。」

「但願如此！對了，青州可有什麼動向嗎？」高飛問道。

荀攸道：「青州大局已定，曹操留下于禁為青州刺史鎮守青州，並且讓滿寵趕赴平原和許攸商討盟約事宜，相信這兩天便會傳來消息。另外，投效曹操的劉備被曹操保奏為左將軍、豫州牧，帶著舊部朝下邳去了。」

「劉備？哼，曹操乃是一代梟雄，豈能不知劉備的心思？下邳臨近淮南，淮南一直處在袁術和孫堅激烈的爭奪當中，他這時候派遣劉備去下邳，或許是想借刀殺人，借機除掉劉備。不過這樣也好，曹操若殺了劉備，那關羽、張飛必然會視曹操為仇敵，走投無路之際，或許還會來投靠我。」

荀攸搖搖頭道：「主公對關羽、張飛還是一直念念不忘嗎？」

「萬人莫敵的當世猛將，我軍之中只有趙雲、黃忠、太史慈三人而已，關羽、張飛皆是世之猛將，我當然會愛惜。他們跟著劉備太屈才了，跟著我才能體現出他們的價值，但願此行劉備陣亡，關、張無礙……」

荀攸聽了，感受到高飛那份求賢若渴的希望，他忽然想起年前高飛在薊城北武堂所舉行的演武大會，當時燕軍諸位將軍盡皆參加，以武力高低定輸贏，趙雲、黃忠不相上下獨占鰲頭，太史慈次之為第二，陳到、魏延、張郃、龐德徐晃第三，文聘、管亥、周倉、盧橫、高林、褚燕、廖化、李鐵、王文君、烏力登、難樓、蹋頓稍次一等，卞喜、夏侯蘭、白宇、李玉林、鮮於輔、田疇等人皆並列第五等。

一想到高飛對猛將的熱愛，他嘆了口氣，暗暗想道：「不知道何時主公才能了了心中所願，但願劉備此次陣亡，關羽、張飛走投無路來投主公。」

高飛轉過身子，對眾人道：「今天的會議到此結束，我們等張郃歸來，和曹操盟約簽訂，然後再做定奪，現在大家各司其職。」

「諾！屬下告退！」眾人齊聲道。

徐州，夏丘。

「他娘的！那曹操老兒只給我們兩千老弱殘兵，卻讓我們去支援孫堅，我們帶著這樣的隊伍去打仗，那不是明擺著是拿雞蛋跟石頭碰嗎？」張飛虎目怒視，虯髯倒豎，一巴掌拍斷了面前的一張几案，大聲地罵道。

關羽坐在張飛對面，丹鳳眼輕輕一瞇，右手輕捋了一下自己的美髯，通紅的臉上不知道是不是因為怒氣，變得比以前更加紅了。

他聽了張飛說的話，道：「不知道大哥作何感想？」

劉備端坐在上首位置，十指緊握，垂放在雙膝上，眼裡卻是一片黯淡，兩隻大大的耳垂幾乎要接近他的肩膀，只是不住地搖頭嘆氣。

「哼！」張飛直接從鋪著草席的地上站了起來，擼起袖子，露出兩條粗壯的手臂，拳頭緊握，手臂上的青筋暴起老高，怒道：「我去找那曹洪理論去，不給我五千精兵，我絕不出戰！」

話音一落，張飛便大踏步地朝外走。

劉備喝道：「三弟回來，不可造次！」

張飛看著劉備，不滿地道：「大哥，你今天休要攔我，我一定要去找那曹洪理論，曹操明明說給我們五千精兵，曹洪卻只給兩千老弱殘軍，這他娘的讓我們怎麼打？這不是讓我們去送死嗎？」

「三弟，曹洪身為曹操帳下大將，一向都唯曹操命是從，從未有過違抗命令的事情，他之所以這樣做，我想是曹操暗中授意的，或許，曹操就是想讓大哥帶著這兩千老弱去送死！」關羽睜開丹鳳眼，雙眸中冒出一絲光芒，緩緩地道。

劉備道：「我來投靠曹操，也不過是想有個棲身之所，既然他不能容我，我也就沒有必要在此待下去了。目前袁術和孫堅正在壽春交戰，曹操讓我帶兵來支援孫堅，打的是曹操魏軍的旗號，既然曹操讓這兩千人跟我陪葬，那我就要好好利用這兩千老弱，在他眼裡，這是弱兵，可在我眼裡，是人都可以利用。」

關羽聞言道：「大哥可是有了計策？」

劉備道：「必須先發制人，不能坐以待斃。我軍兵臨夏丘，曹洪、車冑則在下邳，若是我軍不向前進發，必然會被以軍法處置，另外，徐州刺史夏侯淵又坐鎮東海郡，與下邳脣齒相依，我軍根本沒有反戈一擊奪取徐州的機會，那麼，唯一的活路就是向南走了。」

「向南走？」張飛道：「可是南人咱們都不熟悉啊，那江東猛虎孫堅和高飛關係甚好，袁術和袁紹又是同父異母的兄弟，咱們難不成要投靠他們兩個人嗎？」

劉備搖頭道：「袁術不是真正的霸主，又好大喜功，驕傲自滿，雖然兵多將廣，但是早晚會被人所滅。孫堅經營江東已有三年，謀士、良將趨之若鶩，根本無法動搖，**唯一的希望就只能寄託在鎮南將軍、荊州牧、楚侯劉表身上了**，希望劉表能念在同是漢室宗親的份上，收留我們。荊州表面很是穩定，但是劉表乃是徒有虛名之輩，荊州名士人皆思得一位明主，若是我去了那裡，潛心待上個三五年，或許能夠取劉表而代之。」

「劉表？」張飛吃驚道：「可是劉表坐擁荊州，他肯收留我們嗎？」

「我以誠相投，劉表帳下又無甚大將，蔡瑁、張允、黃祖等人都是碌碌之輩，豈能和二弟、三弟相比？只要我們去了劉表那裡，相信他必會接納的。」

「大哥，我還是覺得先派人去荊州一趟為妥。」關羽道。

劉備道：「只怕時間來不及了，我已經想好策略了，我可以蠱惑這兩千老弱殘兵跟隨我們一起走，讓糜芳、田豫帶領著，糜竺、孫乾、簡雍保護家小，二弟、三弟帶領著本部精銳一起南行，我們撤去魏軍的偽裝，一路上不打旗幟，穿州過縣也不進城，只要不對袁術、孫堅他們造成什麼威脅，他們就不會攻擊我們。」

關羽道：「大哥分析得對，那我們就從此遠離中原紛爭，好好的在荊州待著，伺機而動！」

張飛哈哈地笑了起來，道：「大哥真不愧是大哥，時時刻刻都不忘心中大業，那劉表我在洛陽的時候，就看他很順眼，原來一切都是為了今天啊，早知道是這樣，當初我們幹什麼還來投靠曹操啊。大哥，事不宜遲，我們早點出發吧！」

劉備道：「不急，外面大雨，道路泥濘難走，需要等上幾日，而且從夏丘到荊州，要走好長一段時間，沒有足夠的糧草可不行。我們應該先行鼓動那些士兵，然後再向曹洪多要點糧草，等到士兵都跟我們一心，糧草也齊備了，再走不遲。」

「那要等到什麼時候？」張飛不耐煩地道。

劉備道：「用不了幾天，大雨已經連續下了三天了，明天應該會放晴。雲長，你親自去一趟下邳，問曹洪索要糧草，曹洪急於讓我們出兵，定然會撥給糧草的。我和糜竺、孫乾、簡雍一起鼓動那兩千老弱殘兵，事成之後，便可以卸去曹軍的服裝，偃旗息鼓的穿州過縣了。」

關羽、張飛抱拳道：「大哥英明！」

秋風吹走了殘夏，枯黃的樹葉開始紛紛墜落，天地間頓時升起一片蒼涼的景象。

夏丘城中，劉備成功的蠱惑了那兩千老弱殘兵，關羽也從曹洪處要來了足夠一個月用的糧草。於是，劉備下令全軍脫去魏軍的軍裝，披上自有的馬甲，帶著大軍向西南進發。

大軍經過一天的長途行走，於夜晚到達沛郡的垓下，人困馬乏，只得停下休整。經過一番安營紮寨後，劉備等人總算有了暫時休息之地。

四處一片荒野，山風呼嘯吹過營寨，捲起地上的殘葉和黃土，讓這沒有打任何旗幟的隊伍顯得格外蒼涼。

大帳裡，劉備端坐上首，其下是關羽、張飛、田豫、糜芳、糜竺、簡雍這些舊部，大家坐在一起，心裡透著無盡的荒涼。

「哎，沒想到我劉備竟然會淪落到如此地步！」劉備嘆了口氣，端起面前的酒，一飲而下，眼裡流下滾燙的熱淚。

「大哥不必傷感，人生不如意之事十有八九，只要我們心中還有希望，就一定能夠成就一番偉業的。」關羽見劉備落淚，心中也是無比的難受，勸慰道。

麋竺見狀，拱手道：「主公，孫乾已經先我們一步去荊州了，以孫乾之學識，劉景升之大度，一定會願意接納我們的，當務之急，應該想想如何穿越豫州才是。豫州乃是袁術地盤，兵多將廣，我們雖然偃旗息鼓的到來，可袁術一旦發現了我軍身影，必會帶兵前來阻擋的。」

關羽急道：「大哥，麋先生說得極是，我軍兩千五百人中，兩千是老弱病殘，根本沒有打仗的能力，一旦宋軍攻來，那些剛剛依附我軍的魏軍士兵就會自行潰敗，必須想個辦法才行！」

「哼！宋軍有什麼了不起的？那個什麼紀靈、張勳要是來了，看俺不捅他幾個透明窟窿出來！」張飛虎目瞪得賊大，叫道。

「三將軍勇則勇矣，奈何敵軍人數眾多，你殺得了一千，能殺得了一萬嗎？」麋竺反問道。

張飛扭頭瞪著糜竺，叫道：「你說什麼？俺能在萬人軍中取上將首級，難道俺還不能殺死一萬個士兵嗎？」

糜竺道：「此言差矣，三將軍勇不可擋，可是一個人再怎麼勇猛，也有力氣枯竭的時候，如果那紀靈只用兵來圍你，累都能把你累死。」

「哼！那俺就先去把紀靈一槍挑了，只要主將一死，其餘人自然不敢近前了，宋軍若是真的來了，你給俺看好了，看俺是怎麼挑死紀靈的。」張飛怒道。

「只怕紀靈是不會來了……」簡雍坐在一旁，捋著鬍鬚道。

張飛竊喜道：「諒他也不敢來，有俺在……」

簡雍打斷張飛的話：「三將軍，我的意思是說，袁術的宋軍正和孫堅的吳軍在壽春激戰，紀靈乃袁術帳下第一大將，他豈有不去之理？不僅如此，相信為了爭奪壽春，宋軍主力應該都會聚集在那裡，留在後方的，必然是一些蝦兵蟹將，或許我軍可以虛張聲勢，將其嚇退！」

關羽道：「此法可行。大哥，我已經派出斥候四下搜尋，一旦發現異常，必然會有所回報，請大哥勿憂。」

「啟稟主公，屬下在營寨外面發現了一個可疑之人，特將其擒來，交由主公發落！」劉備的一名親兵隊長走進大帳，報告道。

「一定是曹洪的奸細，拉出去砍了！」張飛大怒道。

那親兵隊長臉上一怔，急忙道：「三將軍，那可疑之人還是個孩子……」

「孩子？」劉備狐疑道，「帶進來讓我看看，到底是什麼樣的孩子，竟然如此大膽！」

不多時，親兵隊長推搡著一個孩童走了進來，那孩童不過六七歲模樣，但是長相十分白淨，身上穿著文人一貫穿的長袍，一看就像是個官宦人家的孩子。

劉備打量了一下那孩子，見那孩子目若朗星，面如冠玉，稚嫩的臉上有著一雙如炬的雙眸，眸子裡看起來十分深邃，深到讓人無法看透這個孩子到底在想些什麼。

他見這孩子從進入大帳時便面不改色，舉手投足間顯著文人風範，便朝親兵隊長擺擺手道：「你先下去吧！」

張飛走到那孩子面前，喝道：「喂！小孩，快說，你是不是曹洪派來的奸細，來探聽俺們的虛實？」

那孩子白了張飛一眼，不予理會，雙臂環抱站在那裡，將頭扭向另外一邊，卻用眼角的餘光掃視著整個大帳。

「你這小屁孩……」張飛正在氣頭上，見連個小孩也這樣對他，便舉手要打。

「三弟，大哥面前休得放肆！」關羽見狀，呵斥道。

張飛喊冤道：「二哥，我又不是真的要打他，只是嚇唬嚇唬他而已！」

關羽見那孩子面不改色，十分淡定，暗暗稱奇，便道：「那你嚇到了嗎？還不快退下，聽大哥發話！」

張飛撅著嘴，朝那孩子冷哼了一聲，便道：「便宜你了！」

劉備見張飛歸座，又觀察了那孩子一番，開口問道：「小孩，你叫什麼名字？」

那孩子聽到劉備問話，將頭顱擺正，打量著劉備，見劉備方面大耳，雙臂修長，面白青鬚，頗有幾分威嚴，便指著劉備道：「你可是劉備？」

「大膽！你這小子太放肆了，我大哥的名諱豈是你能隨意喊的？」關羽也看不下去了，忍不住呵斥道。

劉備見那孩子在呵斥聲中依然是面色不改，越發覺得奇怪，抬手示意關羽不要動怒，和藹地問道：「我就是劉備，不知道小先生如何稱呼？」

那孩子逕自向前，「撲通」一聲跪在地上，朝劉備道：「劉將軍在上，**請受我諸葛孔明一拜！**」

事發突然，眾人都始料未及，就連劉備在內，都嚇了一跳。

眾人都是一頭霧水，劉備更是不知所措，沉寂片刻後，急忙將這個自稱諸葛孔明的孩子給扶了起來，問道：「孩子，你把我搞糊塗了……」

諸葛孔明道：「在下複姓諸葛，名亮，字孔明，乃徐州琅琊郡陽都人。劉將軍糊塗，我心裡卻十分的明白，今日我特來拜見劉將軍，只是為了報答劉將軍對我諸葛一家的恩情，還請劉將軍務必不要推辭。」

劉備再次看了一眼眼前的諸葛亮，見諸葛亮小小年紀，在談吐上頗有風範，而且處變不驚，那深邃的雙眸中到處都充滿了智慧，便問道：「諸葛小友，我確實不知道你所指何事，你能否詳細道來？」

諸葛亮點了點頭，隨即問道：「劉將軍，你還記得一年前曹操發兵徐州的事情嗎？」

劉備重重地點了點頭，這件事在他心中，一直是一個抹不去的陰影，他剛帶著部下來到徐州，還沒有三個月，曹操便對徐州發動攻擊，一舉打敗了他，陶謙也在那時候暴病而死，他不得不逃離徐州，遠遁冀州。他嘆了一口氣，緩緩地道：「記憶猶新，不敢忘懷！」

諸葛亮道：「我乃大漢司隸校尉諸葛豐之後，我父諸葛圭乃兗州泰山太守，當時得知曹操要發兵攻打徐州時，我父親便極力勸阻，那曹操非但不聽，還將我父親痛打了一頓。我父親一怒之下，便辭官歸鄉，在陽都聚集了宗族五百多人共同抵抗曹操的大軍，後來被曹操手下大將夏侯惇一舉攻破，幸好當時劉將軍帶兵趕到，殺退了夏侯惇，救了我父一命。

「我父歸來之後，便帶著我一家人暫時藏匿在海濱的一個小漁村裡，才僥倖躲過一劫。劉將軍率領徐州軍民力抗曹操的暴行，又是我父親的救命恩人，我自當要來報答，也好完成我父親的臨終遺言。」

劉備聽完，腦海中忽然想起是有過這樣的一幕，那時他被曹操打得大敗，帶著殘兵向北逃遁，經過琅琊郡時，見夏侯惇擋住道路，便率軍殺出了一條血路。不過，當時他只顧著逃命，哪裡會注意到夏侯惇是在追擊諸葛圭等人呢，真是無心插柳柳成蔭。

他聽到諸葛亮說到「臨終遺言」四個字，立刻問道：「你……你父親他……」

諸葛亮臉上帶著傷感，道：「我父親後來氣憤不過，大病一場，之後再也沒有起來。幸好有我叔父代為撫養我們三兄弟，最近聽聞劉將軍到了夏丘，我叔父感激劉將軍的救命之恩，便帶著我全家來投靠將軍，可不曾想將軍已經離開了夏丘，無奈之下，只能隨後追趕，可巧在這裡遇到將軍，還望將軍不棄，收留我一家，我諸葛一家也必會報答將軍的大恩大德！」

劉備見諸葛亮如此誠懇，可他心裡仍有顧慮，便搖搖頭道：「只怕不行，我現在已經淪為喪家之犬，連個安身立命之地都沒有，又如何照顧你們諸葛一家呢？」

諸葛亮抱拳道：「劉將軍大可放心，我叔父諸葛玄和楚侯、荊州牧劉表有舊情，只要我叔父出面，劉表必然會接納將軍的，將軍就有了暫時的安身立命之處了。」

劉備歡喜地道：「太好了，你叔父現在何處？」

諸葛亮道：「就在將軍營寨外面不足五里處，我大哥諸葛瑾、三弟諸葛均，以及十餘家諸葛氏宗族盡皆在那裡，本來是打算一路尾隨將軍的，但是我一直想見見將軍，所以便偷偷跑了出來，不想被將軍親兵抓獲……」

劉備道：「甚好，甚好！諸葛小友，你快帶我去見你叔父，將你叔父等人一起接來這裡，咱們一路同行去荊州。」

諸葛亮道：「將軍請隨我來。」

關羽、張飛、田豫、糜芳、糜竺、簡雍見事情有了轉機，都是無限的歡喜，萬萬沒有想到這個七歲孩童竟然能給劉備帶來如此大的轉機。

「二弟、三弟你們跟我來，田豫、糜芳把守營寨，糜竺、簡雍準備酒宴，我要宴請諸葛氏一族。」劉備歡喜地走出了大帳，牽著諸葛亮的手，開心地道。

「諾！」

劉備牽著諸葛亮的手，來到一匹戰馬前，親手將諸葛亮扶上馬鞍，然後自己也騎了上去，一手拽著韁繩，一手抱著諸葛亮，問道：「諸葛小友，你叔父在什麼方向，請指路給我看！」

諸葛亮抬手朝一處黑暗的地方指了過去，道：「主公，從現在起，我諸葛孔明就是主公的部下了，請不要再叫我諸葛小友了，**我以後要當主公的軍師，幫助主公成就王霸之業，請主公恩准！**」

劉備確實缺少一位軍師，但是看到諸葛亮毛遂自薦，有點意外，畢竟諸葛亮還是個七歲的孩子，一個七歲的孩子能做什麼事情？他嘿嘿笑了笑，敷衍地道：「好，等你長大了，你就當我的軍師！」

「多謝主公成全！」諸葛亮歡喜地道。

關羽、張飛跟在劉備的身後，二人面面相覷，心中都是一陣老大不高興。

「二哥，大哥為啥對這個孩子如此上心？孫乾不是去荊州了嘛，有沒有諸葛玄的幫助，俺們都一樣能夠到荊州的。」張飛不屑地道。

關羽笑道：「大哥求賢若渴，凡是能用的人，都要極力拉攏，現在人家主動來投靠大哥，你說大哥能不高興嗎？諸葛亮……這個毛孩子口氣不小，不過，他身上確實有著和其他同齡人不一樣的地方，不知道他長大以後會是個什麼樣子，就讓我們拭目以待吧！」

張飛嗤了聲道：「一個小毛孩子而已，童言無忌，二哥還真把這個諸葛亮當一回事了？」

關羽笑而不答，眼睛卻在盯著劉備懷中抱著的諸葛亮，心中暗暗想道：「這孩子身上讓我看到了一絲希望，**或許大哥的未來就寄託在這個孩子身上……**」

劉備接來了諸葛玄等人，並且進行一番宴請，在垓下休息一夜之後，於第二天啟程。

大軍一路向荊州方向行走，穿州過縣時，確實遇到不少袁術的兵將，但是因為都是一些蝦兵蟹將，一路上沒有遇到多少阻隔。

希望就在前方，如今的劉備，心中充滿了自信，迎接他的，或許是另外一番不同的人生……

青州，平原郡。

太守府中，原本的平原太守蔣義渠被調到了信都城，臧霸便取而代之，成為新的平原太守。

大廳裡，臧霸端坐上首，看到從信都城到來的許攸，問道：「參軍，這些天你和魏軍的滿寵進行了幾番交涉，到底情況如何？」

許攸笑道：「這個自然不用說了，一切都在向好的方向發展，大概今天就可以確定下來盟約的日期和地點了。」

「嗯，這樣就好，魏延、蔣義渠已經離開平原郡兩天，這個時候差不多到信都城了，主公那邊肯定等得焦急了，不然也不會三番四次的派人來催促。參軍，若能定下的話，就儘早定下，這樣一來，我軍和曹操劃河而治，就能減輕一些壓力，兵力上也可以盡數抽調到西線去。」臧霸道。

許攸端起一杯小酒，一飲而下，問道：「施傑那邊做得如何了？」

臧霸嘿嘿笑道：「放心，一切安好，這小子修建碼頭、渡口很是拿手，而且通曉水性，正在厭次一帶忙著呢，那些沿河的老渡口都一律拆除了，完全換成了新修建的碼頭。」

「主公所擔心的也只有這一個了，只要碼頭修建完善，沿河防禦機制健全了，和曹操簽訂不簽訂盟約都已經不重要了。簽訂盟約，無非是想在拿下整個河北之後穩定發展，不受打擾。曹操是個聰明人，他也知道劃河而治的好處，而且青州、徐州的民心不穩，沒有幾年工夫，他是無法消化的。」許攸道。

臧霸道：「曹操，奸雄也！徐州一戰，屠殺百姓數十萬，單是這一條，徐州人對曹操的仇恨程度就可以達到令人髮指的地步。參軍，你和曹操是發小？」

許攸道：「那是過去的事，不要再提了，我……」

「啟稟將軍，滿寵已經過河，正從高唐向平原趕來。」斥候報道。

臧霸道：「知道了，下去吧。」接著扭頭對許攸道：「參軍，主公把簽訂盟約的全權都交給你了，這次滿寵也討回了曹操的授權，只要盟約簽訂成功，你便可以回去向主公覆命了，我想請參軍幫我給主公帶句話，問主公我是否可以參加對晉軍的作戰！」

許攸嘿嘿笑道：「臧將軍放心，這次主公心裡自有定奪，將軍在青州完成了如此出色的任務，一定會受到主公青睞的，請將軍耐心等待，過不了多久，就會有消息傳來。張郃……這會兒也該回來了吧。臧將軍，我先行告退了，要去籌備盟約事宜。」

「嗯，不送！」臧霸拱手道。

見許攸離開，臧霸自言自語地道：「主公，攻打並州，你可一定要帶上我啊！」

大漢太平二年，八月十六。

燕侯的代表許攸和魏侯的代表滿寵在平原會晤，經過三天兩夜的商討，終於確定了燕國和魏國的盟約。

此盟約有效期為五年，是為互不侵犯條約，盟約中鄭重點明燕國和魏國的所交界的領土以黃河為分界點，以北屬於燕國，以南屬於魏國。

這個盟約的簽訂，正式奠定了高飛雄踞河北以及曹操獨霸中原的基礎，使得兩國都暫時放鬆了對黃河沿岸的布防，轉而利用空餘的兵力經略其他地方。

夏去秋來，殘夏最後的一絲暑氣被秋風吹得煙消雲散，自從燕、魏兩國盟約簽訂之日開始，半個月內，**一道討伐呂布的檄文在中原大地上鋪天蓋地的散開，一時間弄得沸沸揚揚，群雄那顆躁動不安的心也再次浮起**。

司隸，河南城。

秋高氣爽的日子裡，河南城中的氣氛異常緊張，面對不斷飛來的信箋和快報，晉侯呂布整個人都快要瘋掉了。

大廳裡，呂布端坐在那裡，瞪著憤怒的眼睛，看完手中的一封信箋之後，便將那信箋撕得粉碎，大聲地罵道：「劉表自守之徒，安敢如此？」

已經成功榮升為別駕的郭嘉急忙抱拳道：「主公，發生了什麼事？」

「劉表竟然寫來一封絕交書，信中將我大罵了一頓，那什麼狗屁玉璽，我見都沒有見過，魏續在洛陽舊址的廢墟裡挖了快半個月了，連個影子都沒有看見，這下倒好，全天下都傳開了，說我竊據傳國玉璽，想自立為帝，這些見風使舵的狗屁爛人，沒有一個是好東西，除了會用書信這種方式來罵我之外，動都不敢動，實在氣煞我也！」呂布大吐苦水道。

「主公，都是屬下不好，是屬下無能，未能和燕軍訂立盟約，還激怒了高飛，讓他發布檄文，屬下罪該萬死，請主公責罰！」郭嘉「撲通」一聲跪在地上。

呂布道：「郭晉，你且起來，這事與你無關，都是那高飛在暗中搞鬼，**如今各個諸侯對我軍都虎視眈眈，卻又不敢直接發兵攻打，到底是為了什麼？」**

郭嘉道：「以屬下看來，各個諸侯無非是想等時機成熟，他們都知道我軍的戰力非常厲害，不敢貿然進攻。高飛先是和曹操簽訂了互不侵犯的盟約，又陳兵在安平和鉅鹿的邊境上，卻始終沒有直接攻打，就是在等待時機。除此之外，馬騰的張濟、樊稠也在函谷關內蠢蠢欲動，劉表屯兵在南陽，袁術屯兵在潁川，曹操屯兵在陳留，我軍可謂是**四面受敵**，必須儘早做出防範才是。」

不等呂布回答，門外來了一名斥候，急道：「啟稟主公，大事不好了，鮮卑十萬騎兵猛攻朔方、五原、雲中三郡，張遼將軍抵擋不住，被迫退到定襄郡，刺史張揚已經調兵增援，並且派小的前來求主公回師增援。」

高順一聽，立刻抱拳道：「主公，並州乃我軍之根本，絕對不能丟失，懇請主公火速退兵，北渡黃河，馳援並州。」

「不可！若我軍現在從司隸退兵，則四面八方的敵人都會一擁而上，此去並州道路遙遠，又有大山阻隔，後面又有追兵窮追，必然會走向敗亡之路。司隸四通八達之地，關隘也很多，只要層層設防，緊守關隘，以我軍之糧草、戰力，守備一年以上不成問題。

「我軍好不容易才到了龍興之地，傳國玉璽還未找到，若是就此撤軍而去，其餘諸侯必然會以為我軍害怕他們，到時候他們一擁而上，我軍就是有嘴也說不清，不如堅守此處，慢慢調和各位諸侯，讓他們相信玉璽並不在我們這裡，就可以大事化小，小事化無了。」郭嘉力諫道。

高順怒道：「難道並州就這樣拱手送給鮮卑人不成？」

「鮮卑乃游牧之民，粗獷未接受王化，就算攻下並州，也絕對不會停留太久，搜刮一些財物後便會自行退卻。主公只需令張遼、張揚緊守雁門郡即可，只要鮮卑人沒有攻破雁門郡，並州就沒有危機。而定襄、朔方、五原、雲中皆塞外城池，連年飽受戰火侵擾，人口大多都流出太原郡，丟失之後，我軍還能再搶回來，司隸這邊一旦丟失，就會讓主公走投無路，孰輕孰重，還請主公定奪！」郭嘉反駁道。

呂布看了眼文醜，問道：「你是何意見？」

文醜道：「屬下以為，別駕所言極是，但主公仍需防備另外一個威脅，那就是燕侯高飛，他很有可能趁冀州兵力空虛之際攻打鉅鹿、常山、中山、趙郡、魏郡等地，之前他拒絕和主公訂立盟約，心思已經是昭然若揭了。」

呂布道：「我太低估高飛了，早知道會被他弄到這步田地，當初就應該聽陳宮的，先殺了他再說！」

郭嘉道：「事已至此，已經無可奈何了，現在當務之急是嚴守四方關隘，並且派遣使者去向各位諸侯解釋一番，或許能拖延些時日。」

呂布嘆道：「也只有如此了。」隨即下令道：「高順，你去把守軒轅關，劉表、袁術的兩路人馬要想進攻司隸，必須要從那麼經過，而且袁術和劉表本來就不合，兩軍根本不會同時進攻，你加以利用兩軍之間的微妙關係，能夠讓兩軍打起來是最好不過了。」

高順無奈之下，只得抱拳道：「屬下遵命！」

呂布又道：「文醜，你去在函谷關外駐紮，堵住張濟、樊稠的必經之路，馬騰遠在涼州，大漢天子的那個小朝廷裡沒有什麼將才，有你在那裡，應該能夠威懾住他們。」

「諾！屬下遵命！」文醜抱拳道。

呂布隨即站了起來，道：「**真正所慮之人，乃是曹操和高飛**，這兩個人帳下都有數員猛將，十分難對付，我恐曹性無法把守虎牢關，必須由我親自去才行。至於冀州方面，就交給公台處理即可。郭晉，你去傳令魏續，讓他把守河南城，**你跟我一起奔赴虎牢關，我這次要親手挫敗曹操，先給天下諸侯一個下馬威。**」

「諾！」

冀州，信都城。

「太史慈、韓猛！」高飛站在點將臺上，手持權杖道。

太史慈、韓猛一身盔甲的從人群中走了出來，抱拳道：「末將在！」

「你二人為左右先鋒，同時攻下鉅鹿郡後，便分成兩路，太史慈攻打魏郡、趙郡、上黨，韓猛攻打常山、中山、太原，務必在一個月內拿下並州！」高飛道。

太史慈、韓猛從高飛手中接過權杖，立刻抱拳道：「主公放心，屬下定當竭盡全力，萬死不辭！」

「呸呸呸！什麼死不死的，不吉利，你們率軍在前猛攻，自有部隊在後面接收城池，也不用擔心糧草一事，我已經安排好張郃給你們隨時供給！」

太史慈、韓猛都斜眼看了看張郃，便道：「諾！」

高飛將手一抬，下令道：「好，出發！」

太史慈、韓猛在一通鼓響之後，便各自帶著自己的兩萬士兵，浩浩蕩蕩地殺向了鉅鹿郡。

高飛下了點將臺，看到張郃站在那裡，便問道：「儁乂，你這次真的不打算立功嗎？」

張郃笑道：「屬下有的是立功的機會，韓猛新降，正好也是讓主公見識一下韓猛實力的時候，屬下還是留到以後對付鮮卑人再立功不遲。」

高飛拍了拍張郃的肩膀，笑道：「你真是一員良將啊……」

站在高飛身後的魏延、臧霸看後，便抱拳道：「主公，那我們幾時出發？」

高飛道：「不急，等太史慈、韓猛走遠了再說，二人若攻打鉅鹿，想必陳宮必然會率兵來救，到時候你們兩個人便繞道襲擊陳宮背後，先占據邯鄲，再配合太史慈、韓猛將其絞殺。」

「諾！」

「冀州不過區區兩萬晉軍，我以十萬大軍對付兩萬人，五倍於敵人的兵力，陳宮不死也要脫層皮，只要我軍這邊一有了動向，相信中原就會開始混戰，呂布也就無暇顧及此處了。」

高飛露出邪笑，對身邊的陳琳道：「孔璋，擬寫書信，讓趙雲、黃忠、徐晃、龐德開始沿河岸西進，攻占沿岸渡口，讓趙雲、黃忠屯兵在河內，扼住呂布北歸道路。」

「諾！」

張郃忽然想起一件事，急忙道：「主公，那是否可以動身去並州？」

高飛道：「嗯，也好，冀州這裡就交給賈詡、荀攸、荀諶等人處理，你負責給太史慈、韓猛等人供給糧草，我和其餘眾將一起折道去並州會一會張遼，我要將他收為己用。」

歐陽茵櫻、王文君、許攸、陳琳、陳到、管亥、周倉同時抱拳道：「屬下遵命！」

一聲令下之後，討伐呂布的戰爭就此揭開……

第六章

難言之隱

那人道：「兩位將軍也是有難言之隱，一切都怪國相陳宮，陳宮手裡攥著兩位將軍的家人性命，二將將軍若稍有不從，便以家人的性命相威脅，二位將軍也是逼不得已啊。」

「那他們現在為什麼要投降了？」李鐵問道。

揚州，丹陽郡秣陵城。

孫堅一身戎裝，一臉氣憤地大步跨進了吳侯府，罵道：「眼看著就要拿下壽春了，我軍卻因為糧草不濟而被迫退兵，真是可惜之極！」

程普、黃蓋、韓當、祖茂緊緊相隨，聽到孫堅如此動怒，便道：「主公息怒，我軍雖然不曾占領壽春，但是宋軍也傷亡慘重，只要再休養一點時間，積攢下糧草軍餉，下次一定能夠攻下壽春！」

孫堅「唰」的一聲，將腰中懸著的古錠刀抽了出來，大聲叫道：「袁術小兒欺我太甚，三番四次的來和我爭奪淮南之地，實在可惡至極，還有他手下的紀靈、張勳，更是可恨的要命，早晚有一天，我要用我手中的古錠刀砍下這三個人的腦袋。」

程普、黃蓋、韓當、祖茂四個人也都面上無光，與袁術打了差不多一個月的仗，眼看就要攻下來了，哪知運糧的船突然遇到大浪，一下子沉入了河底，只能就此作罷。

四個人聽到孫堅的叫聲，便拱手道：「我等必定竭盡全力，爭取下次一舉攻克壽春城。」

孫堅將古錠刀收入刀鞘，看到一個文士從大廳外面來了又走，叫道：「子布何故來而復返？」

那文士的年紀與孫堅略同，穿一身寬大長袍，留著一部青鬚，身體顯得有點單薄，聽到孫堅的問話，便進了大廳，拱手道：「屬下參見主公！」

孫堅一屁股坐在正中的位置上，程普、黃蓋、韓當、祖茂四人則分別站立兩邊，無數雙眼睛盯著那文士手中捧著的一道檄文。

「子布，你手中拿的是什麼？」孫堅問。

那被喚作子布的文士，姓張名昭字子布，乃是徐州彭城人，孫堅率部平定江東時，聽聞徐州有二張，一個是彭城張昭張子布，另外一個是廣陵張紘張子綱，便派人去將二張給請了過來，讓張昭擔任軍師，張紘為主簿，在此二人的協助之下，孫堅方有這江東的一片基業。

張昭將手中所捧的一道檄文呈現給孫堅，並且說道：「此乃驃騎將軍、燕侯、幽州牧高飛所發的討伐呂布的檄文，此檄文剛剛傳到江東，我特意將其帶來，請主公過目。」

孫堅打開匆匆流覽之後，猛然拍了一下大腿，大聲叫道：「好！這是何人所書？寫的竟然是如此慷慨激昂，字裡行間無不透著一股熱血。」

張昭隨即道：「此乃陳琳所作，此人文采斐然，以筆為刀，這道檄文堪稱上乘之作。主公當做何反應？」

孫堅道：「如今我軍鎩羽而歸，又丟失了淮南之地，何況若要去司隸攻打呂布，必須要經過劉表、袁術的領地，我與這兩個人並不太和睦，你可修書一封，代表我為天下倡議，聲討呂布。至於出兵嘛……我看就此作罷！」

張昭抱拳道：「諾！屬下明白！屬下告退！」

孫堅點點頭，自言自語地道：「真不知道高飛老弟在北方怎麼樣了，一別兩年，一直杳無音信，中原混戰，道路不通，必須要派個人去河北看看。」

程普道：「主公，屬下以為，可委派一支商船從海上航行，向北一直行駛，便可抵達燕侯的領地，順便也可以一探究竟。」

黃蓋道：「末將深表贊同。」

孫堅道：「嗯，我自會安排，諸位不必著急，眼下當務之急，是妥善安慰死者家屬，廣集錢糧，至於河北之行，等河北逐漸安定之後再去不遲。好了，你們都累了，下去早點歇息吧！」

「諾！屬下遵命！」

孫堅起身離開大廳，朝後堂走去，邊走邊想道：「高飛老弟，不管你要做什麼，我都會支持你的，我始終記著我們之間的約定，請你一定要好好的牢記心中，也請你儘快拿下河北。」

荊州，新野。

劉備帶著舊部趁著袁術和孫堅在壽春大戰之際，成功的穿州過縣，抵達荊州境內，並且受到了劉表的接納，屯兵在新野，總算有了安身立命之所。

隨後，劉表在接到高飛傳達的討伐呂布的檄文後，聽信了蒯良之計，決定分一杯羹，使蔡瑁統兵屯駐南陽，欲伺機而動。

「大哥，現在討伐呂布的檄文已經傳得沸沸揚揚的，我軍雖然暫時得到了一個安身立命之所，卻也非久遠之計，不如趁此機會，帶兵攻打呂布，若是勝利，大哥的名聲必然能夠在荊襄一帶的士人和武將心中樹立起美好的形象，對以後奪取荊州是至關重要的。」關羽捋了捋長髯，對坐在對面的劉備說道。

劉備道：「呂布的部下各個都是如狼似虎的精兵猛將，劉表又將討伐呂布的大任給了蔡瑁，哪裡能輪到我們出頭的機會？不若在此靜待時機，以作他圖。」

關羽道：「大哥是覺得我們兵力不夠，害怕打不過呂布的晉軍嗎？」

「也算是吧，我們總共就兩千多人，現在好不容易找到一個落腳的地方，只能在別人的鼻息下生存，雖然非我所想，卻也無可奈何。」劉備嘆道。

關羽道：「那大哥不妨多出門走動走動，荊襄多名士，說不定山野間隱藏著什麼高士呢，若是能夠得到一兩位高士相助，或許就能夠解決大哥眼前的這種窘況。對了，那個諸葛孔明的哥哥諸葛瑾倒是個人才，大哥不如讓他在身邊擔任個一官半職，豈不美好？」

劉備點點頭：「二弟說得極是，那我就在荊襄暗訪名士，以便應備不時之需，二弟就和三弟一起好好訓練士兵，暗中招兵買馬。荊州時局穩定，只要我們在此地安安穩穩的待上幾年，必然能夠有一番作為。」

關羽拱手道：「諾！那去攻打呂布，大哥去不去？」

「去！為何不去？只是，我們不帶兵，就你我三兄弟一起去，新野的事，就交給糜竺、孫乾他們定奪就好了。」劉備道：「我已經讓三弟去準備馬匹了，就算二弟不提出來，我也會去的，這一次呂布或許就會從這個世界上消失，如此大事，我若不去親眼目睹，豈不是有傷大雅。」

關羽聽著劉備幸災樂禍的話，心中卻是另外一番想法：「但願呂布敗而不亡，**他死之後，只怕我在這時間再也找不到如此有挑戰性的對手了**，我必須要和呂布大戰一場才可以。」

兗州，陳留城。

「報──」隨著一聲斥候拉長的聲音，一個人快速跑到魏侯府的大廳裡，拱手道：「啟稟主公，東郡太守夏侯惇急報！」

曹操面不動色，只使了一個眼色，站在那裡的荀彧便走了過去，接過斥候手裡捧著的書信，拆開看了後，道：「主公，夏侯將軍說，燕軍已經開始行動了，正在向呂布殘留在冀州的兵力發起猛攻，連續攻克了鉅鹿、中山、常山、趙郡、魏郡等地，已經完全占有冀州全境，而負責防守的陳宮、侯成、宋憲則兵敗如山倒，被迫退到了壺關，目前燕軍正在猛烈攻打並州。」

戲志才聽後，急忙道：「主公，是時候出兵了！」

曹操當即吩咐道：「**全軍出擊，攻打虎牢關！**」

「諾！」在場的人都異口同聲道。

並州，壺關。

漫山遍野都是清一色的燕軍，一座狹小的關卡架在兩處高山之間，成為突破並州最主要的防線。

關城上，「晉」字大旗迎風飄揚，似乎在彰顯著晉軍無盡的風采。

夕陽西下，金色的太陽光從壺關的那一面照射過來，使得每一個兵臨壺關下面的士兵都覺得有點刺眼。

燕軍中，「太史」的大纛也傲立在風中。

太史慈挺著大戟，騎著高頭大馬，身邊跟著副將李鐵，臉上氣得不輕，指著壺關城上的陳宮大罵道：「陳宮老兒，識相的就快快下馬受降，否則我定要踏平你這壺關城。」

陳宮傲然站立在獵獵風中，目光如炬地看著太史慈，聽到太史慈口中的污言穢語，整個人只是不可置否地笑了笑，轉身對守城的將士道：

「嚴防死守，敵軍暫時不會攻城，若是敵軍來了，都不要慌張，壺關牢不可破，一夫當關萬夫莫開，只要敵人不動用攻城器械，就沒有什麼大礙。」

「諾！」守城將士齊聲答道。

陳宮下了城樓，邊走邊嘆氣，他沒想到晉軍會敗得這麼快，心中悵然地道：

「主公若是事事都聽我的，何以落到如此田地？**如今燕軍兵分三路而進，太史慈攻打上黨，韓猛攻取晉陽，趙雲、黃忠攻河內，主公又遠在司隸腹背受敵，**晉軍難道真的要**大勢已去**嗎？」

下了城樓，陳宮抬頭看了看天空，見天空中沒有一片陰霾，便大聲喊道：

「賊老天，我就不信我鬥不過你……」

陳宮下了壺關城樓，徑直來到營房，一路上他想了好多，短短的幾日之內，燕軍展開的速攻讓他為之咋舌，他恨這老天，沒有給他多點的時間來完成防禦，他更恨自己，面對燕軍的速攻，尚且想不出一點辦法。

侯成、宋憲剛剛從鉅鹿潰敗，魏延、臧霸帶領的士兵便毫無徵兆的殺到了邯鄲城下，經過兩個時辰的猛烈攻擊，陳宮被迫從邯鄲城裡退兵，退到了現在的壺關城，一切對於陳宮來說，都來得那麼的突然，在燕軍的猛烈攻擊下，他感覺自己是如此渺小。

帶著一絲遺恨，陳宮進了營房，朝侯成、宋憲所在的主營走去。還未到達主營，他便聞到一股醇香的酒味，臉上的怒氣登時展現出來，變得猙獰無比，快步衝向了主營。

「侯老哥，這幫燕國的兔崽子們打仗也太猛了點吧，我還是頭一次掛傷呢。」主營裡，宋憲抱著酒罈子，猛地灌下了一口酒，抬起受傷的左臂，任由侯成給他包紮。

侯成全身無傷，正為宋憲換藥，聽到宋憲的話，便調侃道：「你小子也算跑得快的了，要是跑得再慢點，不被太史慈一箭射死才怪。不過，我聽說燕軍最厲害的是全身都裹著盔甲的鐵浮屠，我聽文醜帶的那一幫子兵說，**鉅鹿澤一戰，燕軍的大將管亥以五千鐵浮屠剿滅了趙軍九千多人**，而且只損失了五匹戰馬，這是何等的實力啊！」

「放他娘的狗臭屁，就聽那些趙國的崽子們瞎吹吧，我怎麼沒有見到？是那些崽子們自己打不過燕軍，反過來蠱惑我軍，文醜也不是個好東西，一來就凌駕到我們的頭上，真不知道主公是怎麼想的，當初怎麼會收降了他呢？」宋憲見左臂包紮好了，又猛灌了一口酒，恨恨地道。

「聽說是張遼的主意……不過，文醜能和主公對戰數十回合不分勝負，比張遼都厲害，主公向來喜歡勇猛的，將他留在身邊，不也是可以加強我軍的實力嗎？」侯成隨手端起一罈子，也喝了起來。

宋憲嘿嘿笑道：「實力？我怎麼感覺自打那文醜來了以後，我軍的實力反倒不如從前了呢？」

說到這裡，他臉色突然變得猙獰起來，將手中的酒罈子摔在地上，大聲罵道：「都是那幫投降過來的趙國崽子給害的，把燕軍吹噓的那麼神，結果臨戰的時候，咱們的部下先有了畏懼，不然，老子一定能夠砍下太史慈的人頭……哎呦……」

侯成哈哈笑道：「叫你別衝動，你就是不聽，這下又讓傷口迸裂了吧？」

就在這時，營帳的捲簾被掀開了，陳宮陰沉著那張老臉走了進來。

侯成、宋憲急忙擺正身體，抱拳道：「見過軍師！」

陳宮怒意衝天，指著侯成、宋憲的鼻子大罵道：「燕軍都兵臨城下了，你們還有心思在這裡說笑喝酒？我昨天不是已經頒布禁酒令了嗎？你們為何還要以身犯法？你們是不是在考驗我的忍耐程度？」

侯成、宋憲深知陳宮的脾氣，見陳宮動怒了，都垂著頭，不敢吭聲，心中都知道陳宮要用軍法進行處置了。

「地上的酒是誰灑的？」陳宮指著地上碎裂的酒罈子問道。

「是我喝的，跟宋將軍無關！」侯成義字當頭，一力承擔了下來，「我不小心摔碎了酒罈子，隨後又抱起了一罈子酒來喝。宋將軍有傷在身，不能飲酒，與宋將軍無關。」

宋憲和侯成緊緊相挨，見侯成一力承擔了罪責，剛想挪動腳步，卻被侯成向前跨了一步，牢牢地將他擋在身前，朗聲道：「軍師，我犯了禁酒令，理當受到處罰，這就出去承受三十軍棍的處罰！」

「不！是五十軍棍！」陳宮目光如炬，怒火中燒，見侯成一人扛下罪責，喝

斥道：「你身為一軍主將，知法犯法，理當罪加一等，念你過去有功的份上，暫且免去十軍棍，受刑五十軍棍！來人啊，把侯成拖出去，當眾責罰，以後再有敢犯法者，一律嚴懲！」

帳外立刻衝進來四個彪形壯漢，不由分說，便將侯成架了出去，一切像是早就準備好了一樣。

宋憲紋絲不動，背脊上滲出一層冷汗，額頭上也開始冒汗，低著頭，不敢直視陳宮。

陳宮突然伸出手，在宋憲的肩膀上輕輕拍了兩下，面色也變得溫和起來，笑道：「宋將軍，我剛到軍營，營中大半士兵都在飲酒，正所謂法不責眾，我也只能找一個目標在那些士兵面前立一下威了，既然侯將軍一力承擔了，那這件事就這麼過去了，你好好養傷，壺關城牢不可破，有一夫當關萬夫莫開之天險，沒有一兩個月，燕軍是無法攻破的，等你們傷養好之後，我也謀劃好反擊的策略，到時候就是你們殺賊立功的時候了。」

宋憲唯唯諾諾地道：「是，屬下明白，屬下明……」

聲音還沒落下，宋憲便聽見外面傳來侯成挨打的慘叫聲，之後除了軍棍落在人體上的悶響外，他聽不到任何聲音，那一聲聲悶響雖然落在侯成的身上，卻打在了他的心裡，讓他痛徹心扉。

陳宮走出營房，到了外面，見士兵都聚集了過來，便朗聲道：「將軍侯成，以身試法，在大敵當前之際違反禁酒令，我以軍法處置，望眾人千萬不要效仿。」

士兵們對陳宮執法如山，本來就很清楚，每個喝酒的人看著侯成挨打，心裡都是一陣難受，可誰也不敢吭聲。

陳宮看著侯成挨了五軍棍，轉身便走了，留下四個執法的士兵在那裡依然舉著軍棍打在侯成身上。

侯成趴在地上，看著陳宮遠去的背影，心裡充滿怒意，暗暗想道：「大敵當前，正是用人之際，你卻要打我，老子這口氣咽不下去，陳公台，你給我等著，早晚有一天老子要你後悔莫及！」

「砰！砰！砰……」一聲聲結實的軍棍落在侯成身上，在場的士兵無不替侯成揪心。

侯成咬牙切齒，卻是一聲不吭，也不知道挨了多少軍棍，整個人便昏了過去。

宋憲一直躲在營房裡，看到侯成替他受過，心裡難受至極，見侯成昏死過去，四個執法的士兵還要打，便快步衝了出去，在軍棍落下前，用身體擋著，扛下一棍。

執法的士兵看打錯了人，連忙停手，問道：「宋將軍，你沒事吧？」

「滾！給我滾！滾得越遠越好！」宋憲發出聲聲的嘶吼。

執法的士兵本就不是宋憲、侯成的部下，他們是壺關守將眭固的部下，一見宋憲動怒，便不敢久留，跑出了軍營。

宋憲讓部下將侯成抬進營房，又讓人找來軍醫，看著侯成皮開肉綻，心中不勝傷悲。

到了夕陽落山時，侯成才醒來，一睜開眼，便感到背上的疼痛，痛得他呲牙咧嘴。

「別動別動，千萬別亂動，軍醫交代過，你這傷沒有十天半個月好不過來，這段時間你就得這樣趴著了。」宋憲見侯成想撐起身子，急忙道。

侯成道：「宋老弟，多謝你了。」

「我該謝謝你才對，是你替我挨了軍棍，不然的話，現在趴在這裡的是我們兩個人。」

「哼！該死的陳宮，明明知道燕軍兵臨城下了，還這樣打我，痛死老子了。」

「唉，燕軍的戰力十分強悍，咱們沒有和燕軍交過手，也低估了燕軍，不想那太史慈竟然如此凶猛，一路從鉅鹿打到了壺關來。沒想到他居然有百步穿楊之術，眼看就要進壺關城了，一箭從我背後射了過來，若不是我的部下叫我小心，我急忙躲閃了過去，恐怕早就去見閻王爺了。」

「主公遠在司隸的河南城，張遼又被鮮卑人堵在了雁門郡，張揚在晉陽，我們又被圍在了壺關，而燕軍的趙雲、黃忠又從中間直接切斷了我們去司隸的道路，你說我軍當初的風光哪裡去了？」

「唉，還有什麼風光可談，現在就是一個陳宮，就能將你我二人打的像狗一樣，我們是大勢已去。」

侯成眼中放光，緩緩地道：「高飛發布了討伐主公的檄文，天下諸侯無不回應，主公留在洛陽的兵力不過兩萬人，我看也是危險。你我二人雖是主公所救，但是救命之恩都已經在數次戰鬥中報答給主公，也不欠主公什麼了，樹挪死，人挪活，我看我們不如投降燕軍算了，好歹也能當個縣令、太守之類的享受一下清福。」

宋憲急忙接話道：「你的意思是……」

侯成道：「很簡單，殺了陳宮、眭固，將壺關獻給燕軍，我們二人必然能夠

獲得燕侯寬恕，說不定還能混個太守當當。」

宋憲道：「你心意已決？」

「怎麼？你我多年兄弟，你不願意？」侯成瞪大了眼睛看著宋憲，驚奇地問道，「你要是不願意的話，你可以現在就將我抓起來，交給陳宮處置，就說我通敵賣國，陳宮一定會大肆獎賞你的……」

「你看你，我又沒說什麼，我只是問你是不是心意已決。再說，你我多年兄弟，我的為人你還不知道嗎？我是那種踩著兄弟的血肉往上爬的人嗎？咱們兄弟向來是共同進退的，就算主公也不能將我們分開，既然你已經決定了，我自然會緊緊跟隨著你。」

「那你為什麼還有一絲的顧慮？」侯成見宋憲的臉上帶著不安，問道。

宋憲道：「是有一絲疑慮，若換成攻打壺關的是別人，我會毫不猶豫的跟你一起投誠，可是偏偏攻打壺關的是太史慈。你難道沒有聽說嗎，太史慈在燕軍中殺俘虜是出了名的，我擔心……」

「你擔心他會把我們兩個也一起殺掉？」

「嗯，就是這個意思。」

侯成道：「你不用擔心，太史慈殺的是俘虜，我們是主動投降的，他肯定不會殺我們。再說，我聽說他自打來了冀州之後，就沒有殺過俘虜。不如這樣吧，我們先派人出去和太史慈表明降意，讓他知道我們不是有意跟燕軍為敵，一切都是被陳宮逼迫的，他肯定就不會對我們怎麼樣了。」

「這個主意好！」宋憲歡喜地道。

侯成、宋憲相視而笑莫逆於心，隨後便叫來兩人都十分信任的一個親兵，讓親兵夜晚墜城而出，去向太史慈表明降意。

子夜時分，太史慈率領的大軍還在壺關城外駐紮，他一個人尚坐在大帳中還沒有休息，腦海中想著那堅固的壺關城，自言自語地道：

「壺關城雖小，卻很難攻破，我帶領的都是輕騎兵，沒有帶攻城器械，步兵要到壺關至少也要個兩天時間，這兩天時間裡，難道我就這樣閒著？」

「進去！」一聲暴喝，太史慈的副將李鐵將一個人推進了大帳。

太史慈抬頭看了李鐵一眼，問道：「怎麼回事？這人是誰？」

李鐵抱拳道：「將軍，此人在營寨外鬼鬼祟祟，被我軍巡夜的士兵拿住了，他口口聲聲說是晉軍將軍侯成、宋憲的心腹，說有要事要見將軍，我便將他帶來了。」

太史慈立刻感到事情似乎出現了轉機，瞟了地上那人一眼，問道：「你要見我？」

被李鐵推進來的那個人跪在地上，向太史慈拜道：「是的將軍，小的是侯將軍、宋將軍的心腹，受兩位將軍的委託，前來拜見將軍。」

太史慈質問道：「侯成、宋憲乃晉軍大將，他們兩個人派你前來有何事情？」

那人道：「啟稟將軍，侯將軍、宋將軍派小的來向將軍表明降意，準備在關內殺了陳宮和守將眭固，以壺關城獻給將軍。壺關是上黨之屏障，一旦壺關城被將軍拿下，那上黨就唾手可得，而且兩位將軍也甘願為將軍所驅策，替將軍不費一兵一卒的占領上黨。」

太史慈朝李鐵使了個眼色，李鐵會意，立刻一把抓住那人的衣領，將那人給提了起來，喝問道：「你說侯成、宋憲要投降了，有什麼憑證？這兩個人若是真有降意的話，早在鉅鹿郡就投降了，幹什麼非要等到現在才投降？」

那人急道：「這個……這個兩位將軍也是有難言之隱，一切都怪國相陳宮，陳宮手裡攥著兩位將軍的家人性命，二將軍若稍有不從，便以家人的性命相威脅，二位將軍也是逼不得已啊。」

「那他們現在為什麼要投降了？」李鐵問道。

「因為……因為有人從晉陽將兩位將軍的家人給救出來了，陳宮失去了要脅兩位將軍的把柄，兩位將軍這才決定殺了陳宮，奪取壺關城，獻給英明神武的燕侯……」

李鐵鬆開了手，被他舉著的那個人便重重地摔在地上，他徑直地朝太史慈走了過去，躬身道：「將軍，看這人並不像在說謊。」

太史慈的目光一直在盯著那個人，見那個人目光閃爍，不敢和他直視，而且臉上表情閃爍，不禁狐疑道：「李副將，你不覺得這個人對答如流，回答的太順利了嗎？」

李鐵轉過頭看了那人一眼，也覺得有一絲不對勁，便再次走到了那人的身邊，用他粗壯的胳膊將那個人再次拎了起來，喝問道：「你敢騙我？我讓你嘗嘗做人棍的滋味！」

「人……人棍……是什麼？」那人驚恐地道。

李鐵嘿嘿笑道：「人棍嘛，就是砍掉你的雙手和雙腳，然後將你放在一個酒缸裡，只露出你的頭，再挖去你的雙眼，割掉你的舌頭，刺聾你的雙耳，等時間泡得久了，就可以用鐵棍串起來，放在火上烤著吃，那味道一定很可口！」

「啊……不要啊，我不要做人棍，我不要做人棍，那是生不如死啊……」那

人掙扎著，卻怎麼也掙扎不開李鐵的手。

李鐵道：「別亂動，動一下就讓你去做人棍！」

那人果然不再動彈，渾身卻在抽搐著。

李鐵道：「我問你，你到底要不要說實話？」

「我說，我說，我剛才說的那些話，都是兩位將軍讓我這樣背好的……」

太史慈站了起來，走到那人的身邊，朝李鐵使了個眼色，李鐵便將那人放了下來，他一把抓住那人的頭髮，往上提了提，問道：「侯成、宋憲是不是讓你來詐降？」

那人哭喪著臉，見太史慈一臉猙獰，看起來十分的恐怖，急忙道：「不是的不是的，兩位將軍真的是讓我來表明降意的……」

「嘿嘿，如果是真的，為什麼要你這樣騙我？」太史慈問道。

那人道：「這個……這個……」

「說是不說！不說的話，立刻拿你去做人棍！」太史慈暴怒了，猛地揪了一下那人的頭髮，大聲喊道。

那人疼得急忙喊道：「我說我說，只要不讓我做人棍，我什麼都說！」

太史慈鬆開那人的頭髮，走回原位，坐下後，冷笑道：「我以為晉軍都是一些硬骨頭，沒想到還真有你這樣貪生怕死的人，看來呂布的部下也不過如此嘛，什麼陷陣營、什麼狼騎兵，都是狗屁！」

那人伏在地上，連連點頭：「將軍說得是，都是狗屁，都是狗屁……小的在將軍的眼裡，更是狗屁不如……」

太史慈沒空跟這人打哈哈，直接問道：「你實話實說，侯成、宋憲到底派你來幹什麼的？」

「兩位將軍……不，兩位狗屁派小的來，確實是來向將軍表明降意的，只是……」

那人抬頭瞥見太史慈一臉的陰沉，急忙低下頭，接著道：「只是兩位狗屁聽說將軍愛殺俘虜，心中有些顧慮，特派遣狗屁不如的小的來向將軍表明降意，可又怕將軍追究起以前的過錯來，這才教狗屁不如的小的那番話……」

太史慈聽完，臉上怔了一下，暗暗想道：「我只當是陳宮使用了詐降計，卻不曾想侯成、宋憲是害怕我殺俘虜，不准他們投降……**沒想到我太史慈在別人的眼中是一個只會殺俘虜的人**，我一定要改變別人對我的看法才行！」

李鐵抱拳道：「將軍，看這小子說的應該不是假話，他已經嚇得屁滾尿流了。」

太史慈笑道：「你回去告訴侯成、宋憲，就說我太史慈准他們投降了，不管他們過去做過些什麼，只要他們願意投降我軍，我就會接納他們，並且在燕侯面前替他們美言，還可以做我的部將，我要讓他們看看，我太史慈並非是一個只會殺俘虜的人！」

那人道：「諾，小的明白，小的明白，小的這就回去稟告兩位將軍！」

太史慈道：「你現在回去？壺關城就像個沒有縫隙的雞蛋，你是怎麼出來的，又要怎麼回去？」

那人道：「小的自有人接應，一切都是兩位將軍安排好了的。」

太史慈「哦」了聲，忽然想到了什麼，追問道：「我再問你最後一個問題……如果你回不去了，是不是就意味著侯成、宋憲要與壺關共存亡？」

那人點點頭，說道：「兩位將軍如果投誠被拒，那也只能拼死抵抗了，就算抵抗不了，或許也會帶著殘部逃遁到匈奴人的部落裡，伺機而動。」

太史慈擺擺手道：「你回去吧，就說我太史慈接受他們的投降，讓他們放心的獻出壺關城，我不會殺害任何一個投降的人！」

那人唯唯諾諾的退出了營帳。

太史慈扭頭對李鐵道：「李副將，以前我在士兵的心裡，真的是一個只會殺俘虜的人嗎？」

李鐵怔了一下：「額……這個嘛……」

太史慈見到李鐵的表情，便道：「你不用說了，我已經知道你要說什麼了。李副將，從現在開始，我要你見證一下我太史慈是如何蛻變的，**我要向天下人證明，我太史慈並不是一個不講道理，只會殺俘虜的人！**」

李鐵抱拳道：「末將願意為將軍見證！」

太史慈笑道：「好了，忙了大半夜，該歇息了，傳令下去，全軍從明天開始休整，長途奔襲了好幾天，也該好好休息一下，我們就在壺關城下坐等侯成、宋憲的好消息吧。」

「諾！末將告退，將軍早點歇息！」李鐵抱拳道。

太史慈擺擺手，李鐵便退了出去，他解去身上披著的戰甲，摘去頭盔，躺在臥榻上，自言自語道：「主公，你看著吧，我會讓你看到一個全新的太史慈的，我會努力成為你最值得信賴的左右手的……」

侯成、宋憲一直在營房裡焦急的等待著，大約過了丑時，被派出去的親兵終於回來了，帶回了太史慈的答覆，兩人心裡稍稍安定了些。

摒退親兵，宋憲對侯成道：「這下我總算放心了，既然得到太史慈的答覆，那我們就開始安排吧。」

侯成道：「眭固是張揚心腹，整個壺關城裡，大半的兵馬都是他的，我們帶回來的只有三千殘軍，他卻有一萬人。張揚非常信賴陳宮，兩人關係匪淺，若想殺陳宮，就必須先殺掉眭固，你可有什麼好辦法？」

宋憲想了想，道：「不如設下一個酒宴，邀請眭固前來，然後就在席間殺之。陳宮只需兩名力士便可將其擒獲，不足為慮。」

侯成道：「那以何名義邀請眭固呢？我們和他來往較少，並不是很熟啊。」

宋憲道：「你的生辰不是快到了嗎，就以生辰酒宴為名，邀請他前來，連同陳宮一起邀請，省得麻煩了，就在酒宴上，將二人一同斬殺，我們便可乘勢奪取此城。」

侯成笑道：「此計甚妙，還有三天就是我的生辰了，我們必須好好的精心策劃一番，千萬不能走漏了消息。」

宋憲道：「放心吧，一定能夠將眭固、陳宮一網打盡的，到時候獻了城，再去說服上黨太守，引太史慈進了並州，那麼我們的功勞就是有目共睹的了。就算在燕侯面前，也會受到嘉獎的。」

侯成、宋憲二人一同陰笑了幾聲，開始著手策劃著一場陰謀……

壺關城外。

太史慈所立下的燕軍大營這兩天一點動靜都沒有，不僅僅是燕軍，就連壺關城裡也是風平浪靜的，壺關城內外的雙方士兵，在這兩天得到了充分的休息。

到了第三天，燕軍一萬四千名步兵押運著糧草、攻城器械趕到了壺關城外，和太史慈合兵一處，一萬七千名燕軍士兵浩浩蕩蕩地將壺關城堵得水洩不通。

燕軍大營裡，太史慈剛剛從營寨的望樓上下來，向城內眺望了一番，看見城內風平浪靜，帶著一絲疑慮回到大帳。

大帳裡，李鐵、白宇、李玉林等將校一字排開，見太史慈進帳，立刻抱拳道：「屬下參見將軍。」

太史慈見白宇、李玉林在此，朗聲道：「白校尉、李校尉，這幾天辛苦你們了，糧草、攻城器械等輜重都是由你們押送的，給予你們的騾馬又十分有限，一路上肯定沒少吃苦，竟然還能準時到達壺關城下，令我十分欽佩。」

白宇、李玉林拱手道：「將軍過獎了，屬下只不過是做了應該做的而已。」

太史慈看了眼李鐵，問道：「壺關城內還是沒有消息傳來嗎？」

李鐵道：「沒有，將軍，是不是侯成、宋憲那兩個小子在故意拖延時間，好給壺關城裡一個喘息的機會？」

「何以見得？」

李鐵道：「因為他們二人從未和我軍約好期限，我軍怎麼知道他們何時舉事？」

白宇道：「李副將，但凡投降獻城者，豈有約期舉行的？這種事情只能見機行事，伺機而動，不可能提前做好計畫的。」

太史慈笑道：「白校尉說的在理。不過也很難排除侯成、宋憲沒有這種嫌疑啊，畢竟陳宮足智多謀，如果不是他的話，我們早已將冀州的兵力一網打盡了，何以讓他們還帶走數千人潰敗回壺關來，而且我軍的傷亡也不會如此慘重了。」

「那將軍的意思……」李鐵探問道。

太史慈環視眾將，道：「反正我軍所有將校都已經到齊，再這樣拖延下去也不是辦法，今夜我軍正式攻城，先用攻城器械猛攻城樓，如果侯成、宋憲真的有意投降，我軍做出如此大的動靜，必然能給他們帶來機會！李副將、白校尉、李校尉，你們三個好好的安排一下，若是城內沒有什麼動靜，便強攻進去，我可不想在落在韓猛的後面，必須要儘快拿下壺關，占領上黨才行。」

「諾！」李鐵、白宇、李玉林異口同聲答道。

經過兩天調養，侯成身上的傷勢漸漸好轉，至少可以下床走路了。宋憲這兩天一直陪在侯成的身邊，兩人雖然受傷的程度不同，但是同病相憐，彼此也有個照應。

兩人將手底下的校尉叫了來，問明情況，除了將一個不願意投降的人殺了之外，其餘的人都表示願意和他們一起投降。

這天，恰巧侯成的生辰到了，於是兩人便準備在晚上擺上酒宴，宴請陳宮和眭固。

官邸裡，陳宮和眭固正在商量著怎麼樣退敵，忽見外面走來眭固的親兵，手中捧著請帖，陳宮不等那親兵說明，便問道：「哪裡來的請帖？」

親兵道：「是侯將軍的親兵送給軍師和將軍的。」

陳宮和眭固看了後，陳宮皺起眉頭，生氣地道：「這個侯成，死不悔改，才剛剛挨了軍棍幾天，現在竟然又要大擺筵席了？」

眭固身材魁梧，看起來高大威猛，奈何相貌略醜，讓人望而生厭，不過他力能舉千斤重，倒是個不折不扣的大力士，一直是張揚的貼身護衛，只今年才外調到壺關當守將。

他見陳宮動怒，嘿嘿一笑：「軍師息怒，生辰一年才有一次，尋常人都過的，為什麼偏偏將軍過不得？再說，今天是大喜的日子，軍師何必為此動怒呢？侯將軍再怎麼說也是主公帳下八健將之一，在軍中頗有威望，軍師已經當眾責罰他了，這次我看就不必再動怒了。」

聽人勸，吃飽飯。偏偏這陳宮是個固執的人，將手中的請帖隨手一扔，冷哼道：「要去你去，我才懶得去呢！」

眭固到底是跟隨張揚身邊的貼身護衛，才剛剛外放做守將，張揚和呂布的關係雖然不錯，可是論起履歷和地位，他根本無法和侯成相比。

他嘿嘿笑了兩聲，將請帖放進懷中，道：「軍師不去自有軍師的道理，我和軍師不同，必須要去赴宴，再怎麼說，作為一個偏將，能夠受到主將的邀請，是很大的面子。」

陳宮白了眭固一眼，冷冷地道：「什麼面子不面子，能守得住壺關就是最大的面子！」

眭固笑道：「軍師身為國相，可以不買侯成的面子，可是我不行，畢竟我和八健將還差一個等級，我只是一個力士而已。」

陳宮見眭固思維的方式和張揚差不多，便不再說話，只埋頭苦思退敵之策。

眭固抱拳道：「軍師，我要去準備一番，這燕軍已經兩日沒有攻城了，但是防備我不會鬆懈的，一切全憑軍師做主了。」

陳宮不答，聽到眭固的腳步聲遠離了大廳，便斜眼看了下地上的請帖，心中想道：「我打了侯成，侯成卻未懷恨在心，反而主動遞上請帖，人家大喜的日子，我幹什麼要掃人家興？」

一想到這裡，陳宮便彎腰將請帖撿了起來，悄悄地放進懷中。

第七章

天下無雙

張遼心頭如同被重錘一擊，道：「你說什麼？主公……死了？主公武藝蓋世無雙，怎麼可能會死？」

「呂布雖然勇猛無匹，天下無雙，可是他終究還是一個人，又怎麼能抵得住四方諸侯數十萬精兵猛將的圍追堵截呢？」

入夜後，壺關城內燈光通明，城樓上的火把，足以將周圍的黑暗照亮，晉軍士兵絲毫沒有一點鬆懈，反而加強了夜間的巡邏和防守力量。

陳宮在官邸苦思許久，仍然沒有想出任何擊退強敵的計策。夜已深，他打了個哈欠，帶著倦意，吹滅案上的蠟燭，便出了門。

抬頭看了一下夜空，見今夜月明星稀，略微估算了一下時間，忽然想起今夜還要去侯成那裡赴宴，便急匆匆地回到自己的房間，換了身比較體面的衣服，手持請帖，這才出了官邸。

壺關城小，官邸離侯成所在的軍營路途並不太長，而且城中分為東營和西營，東營是眭固的兵馬，西營是侯成和宋憲的部下，陳宮獨自一人出了官邸之後，便大踏步地朝西營走了過去。

陳宮向前走著，只覺得越走越黑，抬頭看見烏雲蓋月，心中暗想：「剛剛還好好的天氣，怎麼突然間就變天了？」

臨近西營時，陳宮遙遙望見眭固的車駕停在那裡，正準備上去打招呼，突然看見一撥士兵在一員將軍的帶領下，手持兵刃衝著那輛車架旁邊的人便是一陣亂砍，他嚇了一跳，差點叫了出來，恰巧旁邊有一條小巷，他急忙躲在那裡。

西營門口傳來聲聲慘叫，當聲音停止時，陳宮便聽見那邊傳來一個十分熟悉的聲音，他試探地道：「是宋憲？」

陳宮壯著膽子，探頭望了一眼，但見宋憲正在擦拭手中帶血的利刃，臉上露出猙獰之色，在朦朧的夜色下顯得甚是恐怖。

他捂著胸口撲通撲通亂跳的心，想道：「是宋憲不錯，他居然殺了畦固的部下，那畦固也一定被他殺死了，他難道要謀反？」

「侯老哥，裡面完事了嗎？」

「嗯，已經完事了。不過畦固這小子力氣倒是很大，弄死了好幾個親兵，幸虧我及時出手，才將他制服，最後一劍結果了他，算便宜這小子了。」

「唉，只可惜那陳宮沒有一道過來，否則的話，便可以一網打盡了……」

陳宮靠著牆壁聽得真真切切，就彷彿侯成、宋憲在他身邊說話一樣。

來不及多想，陳宮又偷偷地看了一眼侯成手中拎著的人頭，正是畦固，當即做出決定，小心翼翼地從小巷拔腿便跑，轉向東營。

陳宮第一次感到自己跑得是那樣的快，似乎後面有什麼凶惡的猛獸在追趕著他一樣。

陳宮上氣不接下氣地跑到東營，道：「晉國的孩兒們，你們的將軍已經被殺了，城內有人謀反，有血性的都跟我一起去平叛，替你們的將軍報仇！」

東營的士兵一聽眭固身亡，各個義憤填膺，在營中休息的士兵立馬抄起傢伙便朝西營跑去。

寂靜的夜晚，幽深的壺關城頓時變得熱火朝天，東營的士兵在陳宮的指揮下，帶著兵器、穿上盔甲便朝西營跑了去，喊殺聲響徹整個山谷。

西營這邊，尚沉浸在喜悅當中的侯成、宋憲還沒有來得及去派人殺陳宮，反而聽到東營那邊的怒吼聲，兩人對視一眼，覺得很可能是事情敗露了，當即決定死守西營營房，讓所有士兵都進入營寨內，讓弓箭手占據制高點，步兵堵門，騎兵在後，做好防守的準備。

「殺啊！」東營的士兵很快便衝到西營來，那些士兵一個個都像出了閘的猛虎一樣嘶吼著，叫喊著衝了上去。

「放箭！」宋憲、侯成見狀，立刻喊道。

「嗖！嗖！嗖……」一支支箭矢朝著人群射了出去，瞬間便射死一大片東營的士兵。

但是，東營的士兵不但沒有退縮，反而快步用身體衝撞上西營的寨門，人越聚越多，眾人一起使力，幾經搖晃，西營的寨門便在眾人的合力之下被推開了。

厚重的營寨大門將那些來不及逃跑的西營士兵拍死在寨門下，東營的士兵湧進西營，和西營的士兵混戰在一起，那些被壓在寨門下還沒有死的人，也被東營的士兵給活活的踩死了。

陳宮站在遠處，望著失控的局面，忽然意識到什麼，大聲喊道：「都停手，都停手……」

可是，殺紅了眼的士兵哪裡還停的下來，扭打在一起的人都奮力的攻擊對方，只一會兒時間，營寨門口屍體堆積如山，鮮血匯流成河。

陳宮癱坐在地上，仰天看著那被烏雲遮蓋住的天空，歇斯底里地喊道：「賊老天，你到底要我如何做才滿意？你這個賊老天，為什麼總是不幫助我……」

「劈哩啪啦！」一時間，夜空中電閃雷鳴，狂風呼嘯，偌大的雨點開始不住的落下，毫無徵兆的狂風暴雨，像是什麼人激怒了老天爺，祂要給予最為嚴厲的懲罰一樣。

「轟隆隆！」一聲聲悶響從壺關城的城門傳了過來，早已準備就緒的燕軍在黑夜中架起了投石車，用一塊塊巨石猛烈地砸著城樓、城牆和城門。

「哇呀……」

「啊……」

壺關城的城樓上，落下來的雨水澆滅了所有的火把，使得城樓上一片黑暗。

太史慈頭頂鋼盔，身披龍鱗甲，手持風火鉤天戟，胯下騎著一匹青蔥獅子馬，背後三千騎兵嚴陣以待，在瓢潑的大雨中，屹立在那裡，風吹不倒，雹擊不住，整個人顯得威風凜凜。

「給我轟！猛烈的轟！我等這一刻等了已經很久了！」太史慈大聲叫著。滅趙之戰中，太史慈由於擊殺趙軍名將顏良有功，高飛便賞賜他現在的這一身行頭，官加一品，俸祿也多了五百石，這次又成為左路先鋒大將，整個人更是得意非凡。

李鐵、白宇、李玉林三人各率領一千騎兵隨後，每一千騎兵為一個梯隊，排成三個梯隊，由於壺關城門前道路狹窄，只能如此排列。

「轟！」

一聲巨響伴隨著雷聲落下，壺關城的城門經過巨石不斷地衝擊，終於抵擋不住，被活生生的砸開，大門坍塌，露出一個巨大的門洞，城樓上的士兵也被投石車砸得不敢露頭，有的乾脆直接退到了關內。

太史慈眼疾手快，看見城門被砸破的那一剎那，便將手中的風火鉤天戟向前一招，大喊道：「殺進去，取陳宮人頭者，賞千金！」

一聲令下，李鐵領著第一梯隊的一千士兵，緊隨著太史慈殺了過去。

在投石車的掩護下，毫無任何弓弩箭矢的阻攔下，以千鈞之勢快速的奔馳進城門，將守在城門口的士兵盡皆踏死，後面經過的馬匹則將那些屍體踩踏得血肉模糊。

太史慈一衝進城池，舉起風火鉤天戟便是一陣亂刺，那精鋼鑄就的鉤天長戟在太史慈的手裡，被舞動的風風火火，所過之處，士兵皆盡皆奔走，不走的，也只在太史慈手下不到一個回合便被一戟刺死。

李鐵手舞馬刀，帶著背後的騎兵緊隨太史慈的身後，舞動著鋒利無比的彎形馬刀，任意收割者敵軍士兵的頭顱。

兵敗如山倒，守城的士兵見太史慈勇不可擋，士氣頓時大跌，紛紛向後退去。白宇、李玉林的第二梯隊、第三梯隊的騎兵還沒有來得及衝上去，敵軍便潰敗的不成樣子，投石車也停止了攻擊。

風雨震撼著壺關城，全身早已濕透的陳宮，轉頭看見太史慈一馬當先的衝了過來，閉上眼睛，張開雙臂，仰起頭，大聲朝天空罵道：「賊老天！若有來世，我一定能夠鬥得過你……」

太史慈緊握風火鉤天戟，在電閃雷鳴中，看見陳宮不知何時出現在自己的面前。他聽陳宮的那聲大喊，已經刺出去的鉤天戟旋即收回，對身後的李鐵喊道：

「李副將，將陳宮綁起來！」

李鐵不明白為什麼一向嗜殺的太史慈突然轉變心性，竟然收起了殺伐之心，暗道：「難道這就是將軍讓我為他見證的事情嗎？將軍怎麼轉變的那麼快？」

來不及細想，李鐵策馬從陳宮身邊掠過，對身後的士兵道：「綁起來！」

兩名士兵將陳宮綁起來，其餘的士兵瞬間分成兩部，一部分由太史慈帶著去追趕敗兵，一部則由李鐵帶著殺進西營。

西營裡，侯成、宋憲的部下越來越少，正感突圍不出的時候，見李鐵帶著騎兵從背後衝殺過來，一夥人才重新燃起希望，抖擻精神向外猛攻，和李鐵帶領的騎兵合力將軍心渙散，失去主將的東營士兵殺的殺，俘虜的俘虜。

平明時分，大雨漸漸停止了，東方的天空中升起金色的太陽，昨夜的風雨飄搖過去了，換來的是今早的彩虹。

壺關城裡，燕軍的士兵接收了整個關隘，開始清掃戰場。

官邸裡，太史慈威風凜凜的端坐正中，李鐵、白宇、李玉林、侯成、宋憲五人站在兩側。

「帶陳宮！」太史慈喝道。

「帶陳宮！」李鐵朝外面大聲宣讀道。

不多時，士兵推搡著五花大綁的陳宮走了上來，一夜不見，陳宮竟然鬚髮皆白，讓人吃驚不已。

太史慈打量了一下陳宮，見陳宮毫無懼意，問道：「你就是晉國國相陳宮？」

「哼！知道還問！」陳宮冷冷回道。

太史慈呵呵笑道：「我怕找錯了人……在下燕侯帳下虎翼將軍太史慈，見過陳先生！」

「要殺便殺，何必廢話！」

陳宮見太史慈如此客氣，便明白太史慈有什麼想法了，當即道：「我生是晉侯的人，死是晉侯的鬼，將軍不必多費口舌……」

說到這裡，陳宮白了侯成、宋憲二人一眼，譏諷道：「我可不像有些人，賣主求榮，兩面三刀……」

侯成、宋憲面上無光，趕忙垂下頭，不敢直視陳宮。

太史慈笑道：「先生此言差矣，正所謂識時務者為俊傑，侯將軍、宋將軍也是人中豪傑，何況呂布大勢已去，自身都難保了，還能保得住你們嗎？以先生之高才，應該會有一個好前程，不如投靠我家主……」

「不用廢話，我陳宮就是爛命一條，只求將軍速速殺我便是。」

「先生真的想一死了之？」

陳宮轉身向外，仰望蒼天道：「忠臣不事二主，還請將軍成全！」

太史慈臉上露出惋惜的表情，朝那兩名士兵擺了擺手道：「既然如此，我就成全先生，推出去，縊死，並厚葬！」

兩名士兵轉身推搡著陳宮而走，很快便離開了大廳。

太史慈嘆了口氣，對侯成、宋憲道：「二位將軍既然是誠心投誠，那就暫且留在我這裡當部將，等攻下了上黨，我再一併奏明燕侯，請求燕侯予以賞賜。只是二位將軍目前這傷勢，是否能隨軍一同前往上黨？」

侯成、宋憲抱拳道：「這點小傷根本不算什麼，我二人願意為將軍前部，可說服上黨太守出城來降。」

太史慈歡喜地道：「若如此，實則我軍之幸，並州百姓之幸。」

李鐵總覺得太史慈和以往的表現不同，不經意間看見太史慈腰中拴著一個玉佩，便理解地笑了，暗道：「原來如此……難怪太史將軍會有如此巨大的轉變，原來都是因為歐陽姑娘送給他的那個玉佩啊，乖乖，真的了不得啦，看來這女人的魅力實在太大了，竟然可以改變太史將軍的心性。」

太史慈眼角餘光看李鐵盯著他腰中的玉佩，伸手摸了下玉佩，想道：「小櫻，你說過，大丈夫應該有勇有謀，我正在朝你說的努力，等我能夠獨當一面時，我一定會向主公提親，我要將你娶回家，做我太史慈的結髮妻子。」

燕軍在壺關城裡只短暫的停留兩個時辰，收拾完後，太史慈留下白宇和三千士兵看護著壺關城裡那些受傷的降兵，便浩浩蕩蕩地朝上黨方向進發。

一天後，太史慈率領前部一千騎兵抵達上黨城下，上黨太守聽聞陳宮殉國，侯成、宋憲投降，他連給侯成、宋憲勸降的機會都沒有，便主動帶著城中屬官出城投降了。太史慈遂占領了上黨，即刻給高飛寫捷報。

與此同時，韓猛的大軍兵臨晉陽城下，呂布任命的並州刺史張揚，帶兵去支援雁門的張遼去了，只留下一萬士兵和部將楊醜守城。

楊醜抵擋不住韓猛的攻勢，只被包圍兩日，便主動開城投降，韓猛遂不費吹灰之力占領了晉陽這座堅城，趁著太史慈派出送捷報的斥候經過，便急急忙忙地也寫了一份捷報，讓那斥候一併送到雁門郡去了。

雁門郡，馬邑城外。

高飛帶著眾將親隨百人從信都城出發，馬不停蹄的奔回幽州的代郡，立刻命令原本駐守在代郡的三萬烏桓突騎隨他一起奔赴雁門郡，直接從側面進攻。

張遼和鮮卑人激戰數十次，從朔方郡一路退下來，最後被迫退回雁門郡，駐守在馬邑老家，並且沿途驅散當地百姓，後來得到張揚支援，便以馬邑為據點，擋住了鮮卑人的攻勢。

卻不想高飛帶領烏桓突騎從代郡殺來，背後城池紛紛望風而降，最後反被高飛從長城內包圍住了馬邑城。

燕軍大營裡，高飛接到太史慈、韓猛送達的捷報，拆開看完，臉上浮現出一絲笑容，道：「太史慈、韓猛兩路大軍紛紛告捷，實在是可喜可賀，只是陳宮死了，怪可惜的，其實他也是個不錯的人才，只可惜不為我所用。」

不多時，冀州那裡也來了一份捷報，高飛看後，興奮地道：「好哇，臧霸、魏延已經將冀州郡縣接收完畢，而且趙雲、黃忠也占領河內，成功切斷了呂布的北歸之路，現在各處紛紛告捷，就剩下我們這裡了，諸位必須加以努力才行。」

在場的陳到、管亥、周倉、歐陽茵櫻、王文君、許攸、陳琳、蓋勳、烏力登、難樓、丘力居等人都異口同聲地道：「諾！」

高飛喜悅的臉突然變得憂鬱起來，道：「陳宮已經慷慨就義了，不知道張遼又會如何選擇，我可不想他有什麼閃失，這是一員大將，我十分的愛惜，諸位有什麼好辦法嗎？」

歐陽茵櫻道：「主公，不如將陳宮死訊，並州大半城池投降的消息用箭射到馬邑城內，可以亂其軍心，使其士氣消亡，再攻打城池就會變得十分容易了。既然主公喜愛張遼，吩咐部下活捉便是。」

「主公，若是只為張遼的話，屬下倒是願意入城規勸一番。」許攸道。

高飛搖搖頭道：「張遼心智非一般人所能比擬，而且他一心忠於呂布，呂布不死，他不會歸順的。」

王文君尋思了一下，道：「主公，屬下有一計，可從呂布身上下手，就說呂布已經戰死，從司隸到馬邑，路途遙遠，關山阻隔，諒那張遼也不知情，再行抓獲收服就易如反掌了！」

蓋勳插話道：「另外，我聽說張遼是個孝子，他的母親就在馬邑，不過，現在馬邑的百姓都已經被驅散到郡城陰館了，主公若是將張遼之母請來，讓張遼母親說服張遼歸降也未嘗不可。」

高飛綜合了眾人意見，吩咐道：「蓋太守，麻煩你去一趟陰館城，請張遼之母來馬邑。陳到、管亥、周倉、王文君，你四人去書寫幾份勸降信，將呂布敗亡、陳宮就義的消息全部寫進去，然後射入城中。許攸，你隨時醞釀一番說辭，等到蓋太守將張遼之母請來，你就隨我一同入城，去勸說張遼歸順。其餘眾人各司其職，嚴加防守營寨。」

「諾！」

高飛再一次看了看太史慈發出來的捷報，嘆了口氣，唸起羅貫中《三國演義》中的一首詩道：

「生死無二志，丈夫何壯哉！不從金石論，空負棟梁材。輔主真堪敬，辭親實可哀。白門身死日，誰肯似公台！」

馬邑城裡。

張遼、張揚面對重重包圍，都是一籌莫展。

張遼按住懸在腰中的劍柄，在縣衙的大廳裡急得走來走去。

張揚愁眉苦臉地坐在那裡，不時的嘆氣，看到張遼在他眼前晃來晃去，忍不住道：「我說文遠，你不要再晃來晃去的好不好，弄得我心煩死了。」

張遼停下腳步，道：「張大人，前有鮮卑人，後有燕軍，將我們不足七千人死死的圍在這座孤城裡，主公又遠在司隸，晉陽、上黨、冀州等地也不知道怎麼樣了，你叫我怎麼不急?!」

張揚道：「這個該死的高飛，來得竟如此之快，我前腳從晉陽趕過來還沒有兩天，他後腳就襲取了我們的背後，以我看，晉陽、上黨等地也被燕軍占領了，只是不知道主公、軍師的情況如何，實在不行，咱們就殺出重圍，以這七千狼騎兵的威力，足夠我們逃到司隸的……」

「不行！鮮卑人還在城下，不能放鮮卑人入關，一旦鮮卑人突破了馬邑，別說整個雁門郡，就是整個並州都會遭受到滅頂之災。這幾年主公對鮮卑人的打擊力度太大，他們對咱們並州人的仇恨太深了，絕對不能做這等自取滅亡的事。」張遼厲聲道。

「那你說怎麼辦？難道我們就在這裡坐以待斃？就算不被鮮卑人殺死，也難逃燕軍的魔爪！」張揚氣憤地道：「我是並州刺史，主公、軍師不在，你就得聽我的，就這樣辦了，今日夜晚全軍突圍，留得青山在，不愁沒柴燒，鮮卑人給我們並州造成的傷害，以後我們加倍還回來就是了！」

「刷！」張遼臉上現出猙獰之色，瞬間將長劍抽了出來，架在張揚的脖子上，眼裡帶著殺意，吼道：「張大人，我張遼對不住你了，為了並州千千萬萬的百姓，我只有出此下策，我會派人將你安全送出城去的，但是我張遼絕對不能後退，朔方、五原、雲中、定襄四郡已經深受鮮卑人的禍害，馬邑城是我張遼的最後底線，我若是再後退一步，整個並州將毀於一旦。」

「張遼！」張揚怒吼著，瞪大了眼睛看著張遼，「你到底要幹什麼？」

「張大人，你和主公的交情非同一般，在文遠的心裡也很值得敬重，我知道你並非是一個貪生怕死的人，不然的話，主公也不會讓你擔任並州刺史一職。我十歲那年，鮮卑人突入馬邑，大肆屠殺我大漢的子民，若非主公帶領百騎親兵及時出現，從一個鮮卑人的手裡把我救下來，我早就死了。從那一刻起，我就決定此生要跟隨在主公身邊，將這條命獻給主公，至死不渝。主公視並州為家，我亦視並州為家，我並州的健兒們絕對不能向鮮卑人低頭，我將與此城共存亡。張大人，得罪了！」

張遼話音一落，扭臉便衝門外喊道：「來人！」

從門外進來幾個親兵，一見張遼把劍架在張揚的脖子上，都吃了一驚，隨即道：「將軍有何吩咐？」

「出去！這裡沒你們說話的份！」張揚怒吼著。

幾個親兵愣在那裡，一動不動，大廳裡的氣氛異常的緊張。

張揚也是一個熱血漢子，少年時便行俠仗義，如今人到中年，那股血性又再一次的展現了出來，眼睛瞪得像銅鈴一樣，伸出手將張遼架在脖子上的長劍給撥開，道：「張文遠聽令！傳令城中所有將士，任何人都不得有一絲一毫的怯意，縱然身死，也要與馬邑城共存亡！」

張遼愣了一下，此刻他的眼裡，張揚高大的身軀變得十分偉岸，他看到那種氣勢，彷彿看到了呂布的身影，當即抱拳道：「屬下遵命！」

回過頭，張遼對身後的幾個親兵道：「你們都聽到了？快去傳令！」

幾個親兵愣了愣，隨後一起抱拳道：「遵命！」

張遼見親兵出去了，當即收劍入鞘，抱著拳，端正地向張揚拜道：「多謝大人成全！」

張揚道：「文遠，你是個漢子，如果這次僥倖不死，你必然會成為一代名將。你現在去準備一下，帶領五百狼騎兵，趁現在燕軍還沒有攻城，趕緊突圍出去，馬邑城就交給我了，只要有我張揚在，馬邑城就丟不了，我張揚活了這大半輩子，戎馬一生，也該有個結果了。」

張遼驚道：「大人……」

「文遠，你聽我說，你還年輕，還有年邁的母親需要照顧。我不一樣，我孑然一身，了無牽掛，就算戰死了，也是獨自一個人。我有八個妻妾，卻沒有一個能夠給我生出兒子來的，上天既然要我斷子絕孫，那我也只能順應天理了。天黑以後，你就率部突圍，我會掩護你的。」

張遼感動不已，熱淚盈眶，抱拳道：「大人，自古忠孝不能兩全，我張遼誓與馬邑共存亡，我的母親會理解我的。」

「文遠……」

「大人，就這樣說定了，城中還有些糧草，尚能維持半月，鮮卑人若久攻不下，必然會自行撤去。只要能抵擋住鮮卑人，就算被燕軍攻破了馬邑，也雖死無憾。」

就在兩人你一言我一語表明必死的決心時，張揚的一個親兵急忙跑了進來，朗聲道：「大人，將軍，燕侯高飛……正在馬邑城下求見大人和將軍……」

「高飛？他來幹什麼？是來奚落我們的嗎？不見！」張揚已經報著必死的決心了，口氣也變得生硬起來。

張遼尋思了一下，急忙道：「等等，大人，高飛主動求見，必然有什麼要事。他雖然是我軍敵人，可畢竟也是漢人，而且這幾年他從遼東到幽州，先平烏桓，再定遼東，驅使鮮卑不敢犯境，對於外夷來說倒是有幾分威懾，不如去看看他說些什麼。」

張揚的脾氣又臭又硬，認準的事，基本上不怎麼會改變，開始被張遼的一腔熱血激發，稍微轉變了心意，這才抱著必死的決心堅守城池，因而冷冷地道：「要去你去，我不去，若不是高飛，我軍也不會落到這個田地！」

張遼擦拭了一下眼淚，對那個士兵道：「高飛帶了多少人來？」

親兵道：「只有他一個人。」

張遼對高飛有一絲好感，想他單騎前來，又沒有帶兵，便道：「大人，那我先去見見高飛，看他究竟有什麼事，回來再稟告大人。」

張揚對張遼很放心，也很知道張遼的為人，便道：「去吧！」

不多時，張遼來到馬邑城的南門，登上城樓，看到高飛一身勁裝，沒有戴盔，也沒有披甲，更沒有攜帶武器，只騎著一匹烏雲踏雪馬，便道：「晉國征虜將軍張遼，見過燕侯。」

高飛見張遼露面了，看上去很有大將風範，便策馬向前走了幾步，拱手道：「張將軍別來無恙啊！」

張遼也不客套，開門見山地道：「不知道燕侯親自到訪，有何要事？」

高飛笑道：「張將軍，可否出城詳談？」

張遼目光掃視了一下，見四周非常安靜，沒有一個軍兵，冷冷地道：「燕侯若是沒有什麼事的話，那張遼就先告辭了，如今你我兩軍乃為敵人，與敵為友，我怕會引起人的猜忌。」

高飛見張遼轉身要走，急忙喊道：「張將軍難道不想再見見你那年邁的母親嗎？」

張遼轉臉注視著高飛，抱拳道：「燕侯，我聽聞以孝治天下者，不害人之親；施仁政於天下者，不絕人之祀。我既然被圍於此，就會與此城共存亡，沒有什麼掛念，老母的存亡，全在燕侯的一念之間。」

高飛呵呵笑道：「張將軍請放心，我並非那種人，你的母親我會代為照顧，只是，我有一件要事需要和張將軍當面詳談，還請張將軍出城一會。」

「什麼事情？」

高飛道：「鮮卑人正在馬邑城北，十萬鮮卑鐵騎若是就此入關，只怕並州百姓會受到空前的災難，**我有一計，可令十萬鮮卑人頃刻間化為烏有，如何保住並州之民不受侵犯，全在張將軍一念之間。**」

張遼將信將疑，聽到高飛能彈指讓十萬鮮卑人化為烏有，雖然有點懷疑，可是為了並州百姓不遭受災難，當即抱拳道：「燕侯在此稍候，我這就出城與燕侯一會！」

高飛單馬立於馬邑城下，遙見張遼下了城樓，不多時，馬邑城門便開了一個縫隙，張遼一身戎裝，身上沒有攜帶任何武器，騎著一匹高頭大馬出了城，隨後城門再次緊閉，城樓上的士兵也沒有絲毫的懈怠。

「晉軍虎狼之師，張遼所部更是精銳中的精銳，一萬狼騎兵面對鮮卑十萬之眾，居然還能脫圍而出，戰鬥力可見一斑。」高飛看著馬邑城嚴陣以待的士兵後，不禁感慨道。

張遼策馬慢跑，只片刻功夫便佇足在高飛的面前，他見高飛雖然沒有戴盔穿甲，但是一身戎裝看起來氣度不凡，心中讚道：「高飛和兩年前相比，更多了一份沉穩和堅毅，與主公那種威武比起來雖然稍有不足，可身上彰顯著王者風範，難道紫微帝星的傳言是真的？」

高飛見張遼來到面前，笑道：「文遠，一別兩年，今日方能得見，前次在鄴城城下，你我尚未能見面，實在是可惜啊，今日再見，文遠身上多了幾分剛毅，我心中不勝歡喜，不知道文遠作何感想？」

張遼拱手道：「多謝燕侯稱讚，我張遼區區一介武夫而已，能得到燕侯思念，感到無比的榮幸。我之所以前來見燕侯，是想知道燕侯是何對策，竟然能夠讓十萬鮮卑鐵騎頃刻間化為烏有？」

高飛笑道：「我哪裡有這等妙計，只不過是想見文遠，故意拋出的一個噱頭而已，若不如此，文遠怎麼可能與我一會呢？」

張遼臉上露出不悅：「既然如此，那張遼就此告辭……」

「別急，雖然我沒有彈指間讓鮮卑人化為烏有之計，卻有摒退十萬鮮卑人之計，不知道文遠想聽否？」高飛見張遼調轉馬頭，忙道。

張遼勒住馬韁，道：「燕侯不會是在戲弄我吧？」

高飛道：「這次是千真萬確，絕對不是兒戲，我可指天發誓！」

張遼抱拳道：「那張遼倒是洗耳恭聽！」

高飛笑道：「其實要想摒退十萬鮮卑人也不難，但是我有一個條件。」

「什麼條件？」

「很簡單，只要文遠開城投降，率部歸順於我便可，我自有辦法摒退這十萬鮮卑人，而且還可讓他們兩年之內絕對不會前來侵擾並州！」

張遼笑道：「呵呵，燕侯果然是足智多謀，我差點又上了燕侯的當了。燕侯，我張遼的生死早已交給我家主公，恐怕要辜負燕侯的一片苦心了。」

「那要是呂布已經死了呢？」

張遼聽後，心頭如同被重錘一擊，臉上也變了顏色，急忙道：「你說什麼？主公……主公死了？主公武藝蓋世無雙，天下少有，胯下又有赤兔馬，斬荊披棘如履平地，怎麼可能會死？」

「人都會死，只是遲早的問題。呂布雖然勇猛無匹，天下無雙，可是他終究還是一個人，又怎麼能抵得住馬騰、曹操、劉表、袁術四方諸侯數十萬精兵猛將的圍追堵截呢？」

張遼心頭一陣疼痛，手急忙捂住心口，身體竟然從馬背上跌落了下來，重重地摔在地上，伸出一根手指，指著高飛道：「是你……是你害了我主公，若不是你發布了討伐主公的檄文，天下群雄又怎麼可能會群起而攻之？你……你……」

就在這時，馬邑城裡，張遼部下一名校尉見到張遼從馬背上墜落下來，驚叫道：「不好，將軍中計了，快隨我殺出去。」

話音一落，馬邑城門洞然打開，那名校尉帶著五百騎兵浩浩蕩蕩地從城門裡殺了出來，朝高飛奔馳而去。

此刻，隱藏在遠處密林裡的陳到看見馬邑城裡湧出一彪騎兵，緊張不已，急忙道：「不好，馬邑城裡出兵了，大家快隨我……」

「等等！主公有令，不可輕舉妄動，違令者斬！」歐陽茵櫻手持高飛腰中懸著的佩劍，大聲喊道。

陳到、管亥、周倉、王文君等人都急道：「主公要身陷重圍了，我們豈能不救？」

歐陽茵櫻道：「主公有言在先，不管出現任何異常舉動，都不許我們輕舉妄動，一旦壞了主公大事，你們擔當得起嗎？都退下！」

眾人見歐陽茵櫻拿著雞毛當令箭，敢怒不敢言，將目光都聚集到許攸的身上。

許攸捋了捋鬍子，從懷中拿出一個酒囊，見眾人目光聚集過來，便道：「放心，主公不會有事的，主公算無遺策，張遼又和主公有點交情，何況以張遼之性格，他也不會害主公，不必驚慌，大家淡定，且看主公如何用計便是！」

於是，眾人這才沒有輕舉妄動，但是每個人都在為高飛揪著心。

高飛騎在馬背上，見城中湧出騎兵，他不但沒有逃走，反而從容地從馬背上跳了下來，將張遼從地上拉了起來，誠心地道：

「文遠，呂布並非一名真正的雄主，你跟著他也只會走上滅亡之路，陳宮已經慷慨赴死了，文醜、高順等人也都盡皆戰死，整個晉軍就剩下你這一點人了，你若是再死了的話，那以後每逢初一、十五，誰去祭拜呂布？你若是恨我的話，就把我抓起來，然後斬掉我的頭顱為呂布報仇，再怎麼說，呂布是因為我的檄文而死，罪魁禍首是我。不過，我要是死了，你不但退擊不了鮮卑人，我的部下也會瘋狂地報復，到時候並州的百姓遭受的就不止是鮮卑人的打擊了，很有可能會被我燕國的將士盡皆屠戮，以我一人之死，換取並州百姓百萬陪葬，孰輕孰重，還請文遠衡量。」

話音剛落，張遼部下的騎兵便將高飛團團包圍住了，一名校尉舉刀便要去砍。

「住手！都給我退下！」張遼呵斥道。

部下不敢違抗，紛紛退到張遼身後，排成一排。

張遼看著高飛，冷笑道：「燕侯果然是個奸詐無比的人，知道用親人要脅不住我，卻用並州百萬百姓來要脅我，真不愧是個梟雄……」

高飛沒有反駁，嘿嘿地笑道：「文遠，這就**好比朝廷裡的清官和貪官，貪官總是一副奸相，可要做清官，就必須要比貪官還要奸**，不然的話，你就不容易制服得住他。我以並州百萬百姓換取文遠極其部下七千將士的歸降，我認為這很划算，只要你肯歸降，我必然會摒退鮮卑，因為這塊地方都已經成為我的領地，作為大漢的子民，我絕對不允許異族在我的領地上撒野。」

張遼一把推開高飛，冷哼一聲，翻身上馬，調轉馬頭便要離開。

「文遠，你好好的想想，就算不為你自己想，也要為這並州百萬百姓想，我的性命在你手中，你的性命亦在我的手中，但是，這並州百萬百姓的性命可都在你的手中，你若是不降，我不知道我會做出什麼慘絕人寰的事情來，以你一人之命換取百萬百姓之命，孰輕孰重，還請文遠自個思量！」高飛被張遼推後了好幾步，見張遼要走，急忙喊道。

張遼冷冷地道：「事情太突然了，容我好好思量一番，請燕侯給我點時間！」

高飛道：「三天！三天之後，你若是還不降，那可就別怪我無情了，我會將周圍方圓百里的百姓全部抓來，當著你的面殺掉，既然你認為我是個奸詐之人，那我就當著你的面奸詐給你看！」

張遼皺起眉頭，雙腿用力一夾座下戰馬，對部下道：「回城！」

他部下的校尉一臉驚詫，道：「將軍，這是殺掉燕侯的好機會，不能放過啊！」

「回城！」張遼低吼道。

高飛見張遼帶兵離去，翻身上了馬背，策馬回營，心想：「張遼，不管你怎麼看我，先把你弄到手再說。」

密林中，陳到等人見高飛安全歸來，都長出了一口氣，然後悄悄地帶兵退去。

回到軍營後，高飛立刻升帳，將所有的將領都召集起來，大聲地道：「差不多了，剩下的幾天時間裡，就按照早上我說的去做，開始向城中射入帶信的箭矢，讓城中先恐慌起來，等蓋勳接回張遼的母親，軟硬兼施，不出三天，張遼必然會前來投降。」

歐陽茵櫻道：「主公，那在馬邑城北的鮮卑人怎麼辦？」

高飛道：「鮮卑人貪財，張郃在請他們出兵前已經送出了大批財物，可是我沒想到鮮卑人對並州人的仇恨如此深，居然召集到十幾萬的騎兵。鮮卑人是我引來的，這個禍害就必須由我根除，我自有對付鮮卑人的妙計，你們不必多慮，先迫使張遼投降再說！」

「諾！」

高飛的命令下達後，部下眾將便分別去實施。

陳到、管亥、周倉、王文君帶著士兵，先將寫有呂布、陳宮死訊，晉國敗亡的書信纏在箭矢上，然後佯攻馬邑，將帶著書信的箭矢射入城中。

城中的晉軍士兵撿到書信，打開看了以後，都是大驚失色，一傳十、十傳百，只片刻時間，這則爆炸性的消息便在城中傳開了，弄得城中士兵都人心惶惶，皆無戰心。

張遼從城外歸來，回到縣衙，見張揚還坐在那裡一籌莫展，便道：「大人！」

張揚急忙問道：「你去見了高飛，那高飛到底有什麼事？」

張遼嘆了口氣，當即將高飛說的話和盤托出。

「主公……主公竟然死了？」

張揚先是一陣驚詫，待恢復平靜後，斜視張遼道：「文遠，既然主公、軍師都已經戰死，晉國也等於滅亡了，你有什麼打算嗎？」

張遼臉上帶著猶豫，沒有立刻回答。

張揚也不多問，直接說道：「文遠，高飛既然如此器重你，不如你就投降了吧，主公已死，你也沒有必要再盡忠了。」

張遼拿掉了頭上戴著的頭盔，一臉的愁容，道：「大人，張遼死不足惜，只是高飛用並州百萬百姓來要脅我，我張遼縱然想一死了之也萬萬不能。鮮卑人還在城下，十萬鐵騎一旦入關，只怕會生靈塗炭，我張遼愧對主公，愧對並州百姓啊！」

張揚走到張遼的身邊，拍了拍張遼的肩膀，道：「自古忠孝不能兩全，既然主公已經死了，你也不需要再盡忠了，你就算不為自己的母親著想，也該為並州百萬百姓著想，既然高飛對你志在必得，你不如就投降了吧。投降之後，高飛必然會重用你，既然他有辦法擊退鮮卑人，也是對並州百姓的一番恩德……」

張遼道：「大人，那你呢？不和我一起投降嗎？」

張揚笑道：「我張稚叔與呂奉先雖然不是義結金蘭的兄弟，可是卻情同手足，當年刺史丁原讓我輔佐奉先，我卻不能使其強大，我無顏面對丁刺史，更無臉苟活下去。奉先已死，我心也隨之死去，我也唯有一死了之，九泉之下和奉先做個伴，也不會讓他覺得寂寞了。」

「大人，螻蟻尚且偷生，請大人三思啊！」張遼「撲通」一聲跪在地上。

張揚哈哈笑道：「我已經想得很明白了，也很清楚，我年輕時飄零江湖，直到遇到主公之後才為其折服，發誓這一生都要與之相隨，今主公已亡，我也不獨生。」

「大人……」張遼泣道。

「將軍，不好了，燕軍射入大量的箭矢，箭矢上裹著信，主公和軍師的死訊，全城將士都知道了，現在弄得整個城裡人心惶惶。那些匈奴人一聽主公死了，便要打開城門迎接鮮卑人入城，北門的士兵快抵擋不住了……」一個親兵跑了進來，慌張地道。

張揚急忙道：「文遠，你快起來，你部下的狼騎兵只有你才能制服，快去看看，一旦北門被打開，鮮卑人入城，後果不堪想像！」

張遼驚詫道：「怎麼會這樣？我部下的狼騎兵怎麼會反叛？」

「快去看看，晚了就來不及了。」張揚催促道。

張遼當先站了起來，朝著外面便走了出去。

張揚見張遼走了出去，便對那個親兵道：「我死之後，你們便全部聽命張遼將軍，他會保你們周全的。」

那個親兵瞬間落淚，跪在地上，泣道：「大人……」

張揚擺擺手道：「去吧，快去，張遼要是發現事情不對勁便會回來的，我不想當著他的面死。」

「大人……」

「快走！照我吩咐的去做！」張揚吼道。

親兵含淚離去，衝出了縣衙。

「刷！」張揚抽出腰中的佩劍，閉上眼睛，將劍架在自己的脖子上，決絕道：「奉先，來世咱們還做兄弟！」

話音落下，張揚將長劍狠狠地在脖子上一劃，那冰冷的劍鋒立時在脖子上劃出一道口子，鮮血不斷冒了出來，他人也倒在地上，掙扎一會兒之後，便不再動彈了。

張遼聽說狼騎兵要叛變，越想越不對勁，雖然說狼騎兵裡都是匈奴人，可是他們和鮮卑人來往很少，而且多少還有點過節，加上這些入伍的匈奴人都是鐵錚錚的漢子，就算泰山崩於面前，也絕對不會改色，雖然聽到了呂布的死訊，也不至於會反叛。

張遼越想越不對勁，策馬跑出了一段路，總覺得有一絲不尋常。忽然，他想起了什麼，急忙調轉馬頭，開始向回跑。

他急速奔馳到縣衙，翻身下馬，快步地衝了進去，一絲不祥的預感油然而生。

當張遼跨進大廳時，赫然看見張揚的部下跪在外面，張揚卻躺在血泊中，他立刻衝到張揚的屍體面前，哭道：「大人，你這又是何苦呢？」

「請將軍節哀順變，我等誓死追隨將軍！」張揚的部下異口同聲地道。

張遼傷心不已，哭了一會兒後，便道：「將大人厚葬，發喪！」

第八章

鮮卑鐵騎

軻比能看了眼驚恐不已的許攸，哈哈笑道：「膽小如鼠的漢人，你睜開眼睛看看，這就是我們鮮卑的鐵騎，真正的鐵騎，我要用這真正的鐵騎踏平你們漢人的城池，踏遍你們漢人的江山，讓你們漢人的百姓全部都臣服於我！」

一連兩天過去了，燕軍一直在馬邑城外，沒有一絲的動靜。可馬邑城裡卻掛上了孝旗，士兵也都披麻戴孝，個個哀傷不已。

高飛以為這是馬邑城的人在為呂布發喪，卻想不到張揚已經死了。

「主公，過去兩天了，馬邑城裡絲毫動靜都沒有，那張遼不會不降吧？」許攸來到高飛面前，躬身問道。

高飛道：「應該不會，我瞭解張遼，他不會坐視並州百萬百姓不理的。」

「主公……蓋太守將張遼的母親接來了……」周倉氣喘吁吁地跑了過來。

「哦，來得太好了，我還怕張遼的母親不來呢。走，我們去看看。」

蓋勳親自將張遼的母親接來了，安排在中軍大帳裡，他算是磨破了嘴皮子才好不容易將張遼的母親接來的。

大帳裡，蓋勳伺候著張遼的母親，為張遼的母親端茶倒水，好似是他的母親一般。

高飛走了進來，來到張母面前，畢恭畢敬地道：「老人家，在下高飛，給老人家請安了。」

張母見燕侯親自來了，站起身子，打量了一下高飛，道：「燕侯親自到來，老身受寵若驚……」

高飛道：「老人家不必如此客氣，我和文遠兄弟也，文遠之母便是我的母親，我請您來，也是為了文遠，現在呂布大勢已去，文遠在馬邑城裡不肯投降，我想請母親大人去勸文遠投降，不知道母親大人可否願意？」

張母倒是個開明人，聽到高飛叫他母親，趕忙道：「燕侯，這可使不得，老身擔當不起。我兒文遠，我自然會去勸他來降。燕侯對百姓很好，老身也很敬重燕侯，只是一開始誤會了燕侯，所以來遲了些……既然老身來到此地，必然會去規勸文遠，請燕侯放心。」

高飛鬆了口氣道：「那就好，母親大人遠道而來，請在此歇息一天，明天再去不遲。」

張母道：「不，事不宜遲，遲則生變，鮮卑人還在，萬一攻打城池了，那就糟糕了，請燕侯這就將我送入城中。」

高飛當即答應了，親自將張母帶到城下。

馬邑城下，張母邁著蹣跚的步履，張遼親自出迎，將張母迎入城中。

高飛回到軍營，靜靜等待著，大概過了一個時辰，張遼便出了馬邑城，並且打開馬邑城的城門，帶著部分士兵出迎。

高飛一馬當先，急忙奔到馬邑城下，雖然不知道張母是如何勸說張遼的，但是一切都在他的掌控之中。

「敗軍之將張遼，率領全城七千將士歸降燕侯，任憑燕侯差遣。」張遼見高飛策馬而來，抱拳道。

高飛翻身下馬，一把握住張遼的手，歡喜地道：「文遠，為了讓你投降，我費了不少功夫啊，這下你可跑不啦，哈哈哈！」

張遼投降後，高飛隨即讓燕軍接管馬邑城，還來不及去慶祝占領城池的喜悅，便帶著眾將來到馬邑城的北門。

登上北門，高飛遠遠眺望，但見北門外穹廬林立，鮮卑人漫山遍野，到處都是，聲勢很是壯觀。

「沒想到這鮮卑人較之三年前更加雄壯了，看來要對付他們，還要費上一番功夫才行。」高飛自言自語地道。

「主公，我軍三萬，鮮卑人十萬，差距甚大，不知道主公有何策略破敵？」張遼問道。

高飛笑道：「不急，自有辦法使其退卻。走，回城！」

回到縣衙，高飛先讓人將張遼安頓好，又專門去祭拜了一下張揚，然後讓張遼部下的七千降兵都暫時退到城外的大營，將城牆上豎立的旗幟換掉，掛上了黑底金字的燕軍大旗。

隨後，高飛在縣衙聚集眾將，準備商議讓鮮卑人退兵的事。

「鮮卑騎兵十萬，尚有數萬騎在武州塞，我軍只有三萬，論兵力，連鮮卑人的三分之一都不到。鮮卑人是我惹來的麻煩，這個麻煩只能由我去解決，絕對不能讓他們突破馬邑，馬邑雖然城小，可四周皆有關山阻隔，鮮卑人既然已經出了武州塞，若馬邑久攻不下，或許會奔到其他城池……」高飛皺起眉頭道。

高飛看了許攸一眼，道：「許攸，你先替我出城，到鮮卑人的大帳裡去和步度根交涉一番，就說馬邑已經被我攻取了，讓他們退兵。」

許攸心中老大不樂意，暗暗想道：「怎麼總是讓我去以身犯險？」

他雖然不太情願，可是畢竟不敢公然違抗高飛的話，便點點頭道：「諾！屬下遵命！」

高飛看得出來許攸並不樂意，可是眼下他也只能派許攸去了，畢竟許攸為人圓滑，知道變通，再說，兩軍交戰不斬來使，而步度根這兩年和他沒少互派使臣，許攸不會有生命危險。

「難樓，這一帶的地形你比較熟悉，你親自跑一趟晉陽，讓韓猛分一半兵力前來，再讓韓猛派出斥候，去通知在上黨的太史慈、邯鄲的魏延、常山的臧霸，

讓他們全部分出一半兵力前來，只要騎兵。」高飛又吩咐道。

難樓雖然不知道高飛是何用意，但是憑藉其敏銳的直覺，以及他對鮮卑人的瞭解，拱手道：「主公，要不要屬下從昌黎徵調全部烏桓精壯前來？」

高飛呵呵笑道：「事情還沒有到動員全部兵力的時候，再說這兩年，你們的族人已經在昌黎定居下來了，而且入伍的人也不少，已經是對燕國最大的貢獻了。不過……為了以防萬一，還是要親自派一個人回昌黎一下比較好……丘力居，昌黎尚有多少精壯騎兵？」

丘力居現在是公認的烏桓部族的首領，一聽高飛如此問話，感受到了一絲不尋常的氣息，便問道：「主公，你是不是準備對鮮卑下手了？」

高飛點點頭，道：「先予以重創，令其數年內不敢南下，等過幾年，再率領大軍出塞，一舉剿滅這股草原上的害人精，總是一味的忍讓也不是個辦法。」

許攸聞言，疑慮道：「主公，可是現在我軍剛剛占領冀州和並州，雖然收服了不少降兵，卻不牢固，現在就對鮮卑人開刀，是不是太早了點？」

「許參軍一向不是主戰派嗎，今天是怎麼了，竟然前怕狼後怕虎了？這次前來的十幾萬鮮卑人，差不多占了鮮卑部族的四分之一，如果就此放其歸去，以後要對付的話就很難了，而且現在鮮卑內部並不和諧，不在這個時候予以重創，難道等他們以後自己聯合起來對付咱們嗎？**邊患邊患，鮮卑才是最大的邊患！不根除邊患，北方邊境就永無寧日！**」高飛厲聲道。

許攸聽出這是高飛下定決心了，便道：「既然如此，那屬下再去鮮卑大帳又有什麼意義？」

「意義重大！讓你去，只是迷惑敵軍，鮮卑人貪婪，我給的那些錢財，根本不夠他們塞牙縫的。你去和他們交涉，這一來二去的，能夠拖延點時間，給我調兵遣將帶來餘地。」

許攸聽後，眼中放光道：「那剛剛占領的地方呢？」

「暫時無虞，呂布尚在司隸掙扎，郭嘉為其軍師，必然能夠保全一段時間，呂布的兵力雖少，可都是驍勇善戰的人，司隸一帶到處關隘，只要緊守關隘，真打起來了，那些諸侯也未必有什麼奇襲的辦法。丘力居，你現在就回去，騎上我的烏雲踏雪馬，按照路程算，三天後你就應該抵達昌黎，迅速集結所有精壯烏桓騎兵出塞，有仇的報仇，有冤的報冤，步度根的老巢在東部，你就施展你的才華，予以猛烈的打擊，抄其後路，讓他無家可歸，所有俘虜的財物、牛羊、馬匹，全部歸你們烏桓人，把人口交給我就可以了，我另有妙用。」

丘力居歡喜地道：「主公放心，既然要大戰，那我就召集所有烏桓騎兵，男女齊上陣，以三十萬之勢猛攻鮮卑各部。」

高飛笑道：「隨你怎麼做，這是你烏桓人揚眉吐氣的好時候，咱們和鮮卑人懷柔了兩年，也忍了兩年，這次一定要給予一次重創，只要步度根一滅，其餘鮮卑各部必然不敢犯境。」

丘力居抱拳道：「事不宜遲，屬下這就告退！」

難樓也抱拳道：「主公，那我也先走了。」

高飛點點頭，見丘力居、難樓都離開了，便對陳到說道：「你帶一萬騎兵，去周圍各縣，將所有百姓在三天內全部遷徙到雁門關以內，這次我要給鮮卑人一次終身難忘的記憶，其餘人留在城中隨時聽候調遣！」

「諾！」

吩咐完，許攸帶了兩個親兵，手持符節，以使者身分出了馬邑城。

鮮卑人在馬邑城北五里處駐紮，漫山遍野都是清一色的穹廬，乍看上去，聲勢極為浩大，實際上，鮮卑人多以部族聚居，每一個大部族聚集在一起，大部族裡面又有許多小部族，錯落繁雜，雜亂無章。

許攸騎著馬，望見正中一座小山上搭著金頂的帳篷，不用懷疑，那裡就是被冠以大單于名號的步度根的大帳。

鮮卑人曾經強盛一時，步度根之父檀石魁統一了整個鮮卑各部，並且組建了一個鮮卑大聯盟，將鮮卑分為東、中、西三部，分別設立一名單于，檀石魁自稱大單于，居於中部統帥三部。

漢桓帝、漢靈帝時期，檀石魁經常率部寇邊，大漢的北方邊境連年遭逢禍害，以並州、幽州為最。後來，檀石魁離世，其子步度根沒有檀石魁那樣的勇略，無法統帥三部鮮卑，加上鮮卑大聯盟又極為鬆散，各部族之間互相勾心鬥角，最終大聯盟宣布解體，各自為戰，各部族首領皆稱單于，一時間草原上狼煙四起，烽火連天，正因如此，大漢才得到了短暫的春天。

然而，近兩年，步度根在其兄長扶羅韓以及軻比能一部的鼎力支持下，漸漸恢復了往日的風采，逐漸統一了東部鮮卑和部分中部鮮卑，似有崛起之勢。

一些小族不堪步度根的打擊，紛紛表示歸順，並且尊稱步度根為大單于，以金頂牙帳彰顯其尊貴，設立單于庭，通傳四方。

許攸緩慢地前行著，心中不斷的思慮著該如何說話，不知不覺便來到了鮮卑人的營地前。

「我乃燕國使臣，燕侯帳下參軍許攸，奉燕侯之命，特來拜見尊貴的大單于。」許攸自我介紹道。

鮮卑人一聽說是燕侯派來的，直接將許攸帶進了營地。

許攸跟著帶路的鮮卑人一路朝金頂牙帳走，沿途看到許多粗獷的鮮卑人，個個面色猙獰，或聚集在一起燒烤羊肉，或三五成群的比試箭術，又或是互鬥勇力，戰馬嘶鳴，人聲鼎沸，看上去很懶散，實則處處暗藏殺機，讓他心中不禁起了一絲懼意。

他久居中原，雖然聽聞北方蠻夷彪悍，可是見到烏桓人被高飛訓練的十分溫順，以為蠻夷也不過如此，可是他並不清楚，烏桓人基本上被大漢所感化，從事農耕、紡織、漁獵等，看上去和漢人無異。

今天他頭一次見到鮮卑人這種粗獷的生活方式，才真正體會到什麼是蠻荒之地。

不多時，鮮卑人便將許攸帶到金頂大帳。按照規矩，隨從不得入內，於是許攸只能獨自一人進帳。

金頂大帳裡，步度根端坐在大單于的位置上，坐在他邊上的那個魁梧的漢子正是他的兄長扶羅韓，而右手第一個座椅上，端坐著號稱鮮卑第一勇士的軻比能，一臉凶神惡煞的樣子，讓人望而生畏。

大帳內座無空席，許多部族首領的面前都放著一張小桌，桌子上放著烤好的牛羊肉，邊喝著馬奶酒，邊咀嚼著肉，絲毫沒有人去理會站在大帳裡的許攸。

許攸抖擻了下精神，略微去了一絲懼意，朝坐在正中間的步度根朗聲道：「我乃燕國使臣，燕侯帳下參軍許攸，拜見大單于！」

步度根披頭散髮，額頭上纏著一根玉帶，穿著一身華麗的服裝，手上戴著名貴的金銀首飾，一搖動身體，便聽見金屬碰撞的聲音，斜睨了許攸一眼，輕蔑地道：「燕侯派你來做什麼？」

許攸聽步度根話中帶著輕蔑的味道，正色道：「我家侯爺已經占領馬邑城，現在的並州是我燕國的土地，不再是晉國的了，還請大單于到此為止，就此退兵，也不失我們兩家友好。」

「哼！」軻比能瞋目道：「你說退就退？你們燕侯拿我們當什麼了？我們如此興師動眾，得到的卻如九牛一毛，我們可不管並州是燕國還是晉國的，在我們的眼裡，並州就是並州，昔日我們和並州所結下的仇，今日正當報回來。」

扶羅韓道：「對待燕使，豈可如此無禮？不過，燕侯給我們的酬勞也太少了點，眼下天氣漸漸轉冷，草原上一到了冬天就冰封萬里，我們此次南下也是為了能夠得到一些過冬用的資源。如果燕侯能夠給予我們一些好處，我們自會立刻撤兵，絕對不會和燕侯起衝突，再怎麼說，這兩年鮮卑和燕國在雲州所進行的貿易還是很興盛的，我們售出戰馬、牛羊，從你們大漢弄來布匹、絲綢、陶瓷等，兩家彼此很和睦。如今我大軍十幾萬南下，可得到的確實少之又少，如果不能用一些實惠堵住悠悠眾口，就連大單于也無法向各部交代，還望燕使體諒。」

許攸聽後，心道：「蠻荒之人果然貪婪無比，主公先是送出了兩批金銀財帛，尚不能滿足他們……」

「不知道所謂的實惠，大單于有何要求？我回去之後可以先稟明燕侯，請燕侯定奪。」許攸接著說道。

軻比能當下伸出了五根手指頭，道：「不多，黃金五千斤，白銀一萬斤，布匹五萬匹，另外再給糧食十五萬石……」

「獅子大開口，蠻人貪無度，真是癡心妄想！」許攸聽後，心中暗暗地道。

大帳中其餘部族首領聽後，臉上皆露出了貪婪之色，一邊手撕羊肉，一邊用貪婪的目光望著許攸，好像許攸身上就帶著那麼多財物一樣。

步度根許久沒有發話，見軻比能開出那麼大的條件，便道：「燕侯乃大漢所封之古國侯，統治地域何止千里，何況大漢百姓皆富庶，這點東西，對於燕侯來說，不過是九牛一毛而已，若是燕侯願意出這麼多物資，我立刻命令大軍全部撤退，絕不踏入並州半步。如何？」

許攸道：「這事還需我回去轉告燕侯，大單于在此稍待，請靜候佳音。」

步度根聽後，哈哈笑道：「如此甚好，來人，給燕使看座，酒肉伺候……」

許攸急忙道：「大單于的好意我心領了，只是我有使命在身，不便在此逗留，想現在就回去，轉達大單于的意思。」

步度根見許攸要走，也不強留，便道：「也好，那我就不留燕使了，送客！」

許攸恨不得馬上回去，這種蠻人所待的地方，他總覺得毛骨悚然，當即拜別了步度根，轉身離去。

扶羅韓見許攸離開，當即道：「沒想到昔日將我們差點逼入絕境的晉軍，竟然在短短數日內便被燕軍打敗了，**難道當年的飛將軍還不及燕侯的一半嗎？」**

軻比能道：「從我們進攻開始，飛將軍一直未曾露面，就連張遼所帶領的狼騎兵也是少之又少，跟一年前完全是兩碼事，難道飛將軍英年早逝了嗎？」

「不可能，飛將軍正值壯年，怎麼可能會死？一定是燕侯將其擊敗了，三年前我和燕侯在遼東打過一仗，三萬騎兵損失慘重，現在還記憶猶新啊。依我看，燕侯能將飛將軍打敗，可見他遠比飛將軍更可怕，這仗能不打就不打吧。軻比

能，你開出的條件是不是太多了？」步度根道。

軻比能躬身道：「大單于放心，我的這些條件是拿來談判用的，既然燕侯派遣使者前來，就說明他們有談判的心思，那我們抬高籌碼，得到的東西就會更多。金銀財寶我們並不怎麼需要，眼下急需的是過冬的衣物和糧草，這兩年我們被飛將軍打得不敢靠近並州，損失了許多肥美的草場，加上冬季漠北苦寒，凍死成批牛羊，損失慘重啊，如果不儘快搞到一些過冬的東西，這個冬天我們只怕又會凍死一些人了。」

扶羅韓道：「大單于，各位酋長，我們現在應該擰成一股繩，如果燕侯給不了我們所需要的，我們就和他撕破臉，現在我們兵力強盛，已經占據了塞外數郡，只要能夠突破雁門關，進了關內，成堆的財物都在等著我們，就算是留在關內過冬也不為過啊。」

步度根嘆了口氣，道：「眾位沒有和燕侯交戰過，不知道燕侯的手段，我還是希望能夠和平相處，一打起仗來，不但草原上其他部族會襲擊我們背後，就連能否擊敗燕軍也是個未知之數……」

「大單于何必長他人志氣，滅自己威風？我軍鮮卑向來以勇武著稱，若是燕侯答應了我們的要求便罷，若是不答應，那只有和他們拼了，這次有我在，我倒要看看，能夠打敗飛將軍的人到底是什麼人！」軻比能朗聲道。

步度根看了眼扶羅韓，見扶羅韓搖搖頭，便道：「既然如此，那就先這樣辦了，大家姑且等候燕侯答覆便是了。軻比能，你也該將你的部眾全部召集過來了吧？」

軻比能道：「大單于請放心，我已經派人去武州塞了，我的部下明日便到。」

其餘的各部族首領都沒有吭聲，看得出來，不光是他們，就連扶羅韓和步度根都對軻比能忌憚三分，畢竟到目前為止，還沒有人能夠在草原上擊敗他，部下也都是些殺人不眨眼的騎士，這兩年為了對付呂布，軻比能沒有少下功夫，專門訓練了五萬精銳騎兵，為的就是要找呂布報仇。

這軻比能本是小種鮮卑，但是由於個人勇猛異常，備受草原上的人敬重。他本在西部鮮卑生活，後來才遷徙到中部鮮卑，見步度根個性軟弱，便想取而代之，奈何因為部眾少，名聲不夠顯著，一直隱忍著，直到遇到了扶羅韓，二人一拍即合，準備恢復檀石魁在位時的鮮卑大聯盟，於是便聯手作戰，進攻周圍部族，先後平定了中部鮮卑十幾個部族，而後跨向東部，將步度根扶上高位，接著以大單于的名義發動戰爭，用了兩年時間，將整個東部鮮卑征服，這才有了今日的雛形。

步度根雖為大單于，卻相當於一個傀儡，他的兄長扶羅韓在背後掌權，而軻比能因為這兩年的征戰，名聲顯著，逐漸收羅了一大批部眾，和步度根、扶羅韓呈現出三足鼎立的局面。

但是，軻比能比較聰明，知道現在不是奪取大權的時候，因為中部鮮卑並未統一，而西部鮮卑的各部族對他也是一個威脅，他必須做到完全統一鮮卑各部族後，讓所有的人都害怕他的時候，才可以將步度根趕下大單于之位。

軻比能環視了大帳中的所有人，見沒人敢吭聲，心中便美滋滋的，當即向著步度根施禮道：「大單于，我還有一點要事需要處理，先行告退。」

步度根自然不敢阻攔，當即道：「嗯，你儘管自去便是，明日你的部下一到，若沒有得到燕侯的滿意答覆，那你就率軍攻擊馬邑，再這樣拖下去，只怕對我們不利，必須在嚴冬來臨之際得到實惠。」

軻比能表面恭敬，內心奸詐，當即道：「是，大單于，軻比能告退！」

出了金頂大帳，軻比能回到自己的穹廬，叫來幾名親隨，隨即道：「速去武州塞，讓素利、厥機、彌加、雅丹、越吉盡皆率部前來聲援！」

親隨走後，軻比能暗暗地打著自己的小算盤，自言自語地道：「**燕侯打敗了飛將軍，我再打敗了燕侯，那就等於我打敗了強者中的強者**，此戰對我很重要，可以幫我奠定在草原上的名聲，不管燕侯的答覆如何，我都要打這一仗……」

許攸回到馬邑之後，將事情的經過跟高飛做了彙報，然後靜靜地等待高飛的回答。

高飛閉目凝神想了一會兒，緩緩地道：「你明天再去見步度根一次，就說我答應他的全部條件，只是調集這麼多的財物，需要一段時間，沒有七天的時間，無法籌集到，讓步度根在馬邑城外再等上七天。」

許攸知道這是高飛的敷衍之策，便道：「主公英明，不過……主公，屬下在單于庭裡發現了一絲不尋常之處。」

「哦，什麼不尋常的地方？」

許攸道：「步度根雖然貴為大單于，但是說話的分量似乎還不如他的兄長扶羅韓以及另外一個部族的首領軻比能，給屬下的感覺，那扶羅韓以及在場的所有的部族首領，似乎都很忌憚軻比能，軻比能的態度很堅決，提出這個條件的，正是軻比能本人！」

高飛笑道：「軻比能嗎？你不用管那麼多，照我的吩咐去做，我有對付鮮卑人的辦法。」

「諾，屬下告退！」

第二天一大早，許攸便不辭辛勞地又去了一趟鮮卑的營地，再次來到金頂大帳。只是，這一次負責接見許攸的只有一個人，這個人不是別人，正是軻比能。

整個金頂大帳裡空蕩蕩的，許攸站在那裡，軻比能坐在一邊，兩個人誰也沒有說話。

良久，軻比能先打破平靜，道：「你這次前來，可是帶來了燕侯的答覆？」

許攸點點頭。

「將燕侯的答覆說給我聽！」軻比能站了起來，巨大的身軀猶如一尊神祇，給人帶來一種極大的壓迫感。

許攸用驚恐地眼神望著軻比能，見軻比能身高在兩米以上，遠比褚燕還要高上一頭，露出來的胳膊滿是肌肉，光那條胳膊就有許攸的腰粗。

「怎麼可能有那麼高的人……」許攸不由地吞了口口水，臉上現出驚怖之色，恐懼地道：「那是……人……人的頭骨……」

許攸發現軻比能坐著的東西，竟然是由人的頭骨合成的凳子，在眾多頭骨上放著一塊寬大的玉板，那玉板晶瑩剔透，甚是名貴，和頭骨放在一起，顯得很不搭調。

軻比能臉上帶著笑意，一步一步地向許攸逼近，目光中充滿了蔑視。許攸的身體不由自主地向後倒退幾步，他臉上驚愕的表情已經出賣了他的內心。

「蠻人……真正的野蠻人……」許攸吞了口口水，雙腿不由自主地哆嗦起來，「你……你別過來……」許攸見軻比能越來越近，顫巍巍地喊道。

軻比能才不理睬許攸，向前跨了一大步，伸出長長的手臂，直接用他那又大又粗糙的手掌提著許攸的衣領，將他帶到大帳的門口，像是抓一隻小雞那樣。

「你……你要幹什麼？」許攸驚恐不已，「我是燕國使者，快放我下來，兩國交……交兵，不殺來使……」

軻比能將許攸鬆開，對摔在地上的許攸，道：「你錯了，我們鮮卑，不是王國，使臣在我們看來，只不過是牛羊一樣的東西，想殺便殺，從不顧忌……」

話說到這裡，軻比能突然扭頭，一雙炯炯有神的眼睛目視著前方，深呼吸了一口氣，大聲地叫道：「鮮卑人的勇士們，把你們的威武都拿出來，讓大漢來的使臣看看……」

聲音如雷，滾滾入耳，許攸只覺得耳朵裡隆隆之響。不等他反應過來，緊接著便感到大地為之劇烈的顫抖，滾雷般的馬蹄聲由遠及近的傳來。

軻比能斜睨了眼驚恐不已的許攸，哈哈笑道：「膽小如鼠的漢人，你睜開眼睛看看，**這就是我們鮮卑的鐵騎，真正的鐵騎，我要用這真正的鐵騎，踏平你們漢人的城池，踏遍你們漢人的江山，讓你們漢人的百姓全部都臣服於我，我要讓你們漢人付出慘痛的代價！**」

馬蹄聲越來越近了，許攸感到從大帳外左右兩個方向都傳來馬蹄聲，他扭過頭，看了一眼大帳門口，但見黑壓壓的兩撥騎兵行駛而來，馬背上的騎士盡皆剃去了頭頂上的頭髮，只留下後腦和兩耳附近的一點短髮，沒有人戴頭盔，在太陽底下，那油亮的頭頂彷彿就是他們的頭盔。

騎士們都披著統一打造的鐵甲，手中握著鋒利的彎刀，身上背著弓箭，一個個神靈活現的。

不多時，兩撥騎兵便聚集在大帳門口，只留下一道空隙可以行人，而且後面仍在不斷的聚集，人越聚越多。

「告訴我，你們的燕侯是什麼答覆？」軻比能一把抓起了許攸，喝問道。

許攸膽戰心驚地道：「燕侯……燕侯什麼都答應，只是需要點時間……需要七天時間去籌集你們所需要的物資……」

軻比能哈哈大笑道：「我鮮卑已經今非昔比，還好你們燕侯聰明，答應了我的要求，否則的話，我不介意帶著十幾萬騎兵和你們打一仗，既然你們燕侯同意了，那我也就不說什麼了，七天之後，我要是見不到實惠，就讓你們燕侯好好準備一下後事吧！」

說完，軻比能一把將許攸扔出了大帳外，摔得許攸鼻青臉腫的，門牙也被摔斷了一顆，口中淌出了鮮血。

「滾回去告訴你們的燕侯，我的五萬精銳騎兵正在趕來的路上，現在我有十五萬騎兵，尚有十萬正在征伐中，他若不兌現承諾，我就讓並州、幽州全部化成一片焦土！」軻比能抱著雙臂，狂妄地笑道。

許攸見這陣勢，也顧不得什麼形象了，讓兩個親兵攙扶著，滿懷恨意的跑走了。

軻比能扭身進了大帳，朗聲道：「出來吧！」

步度根、扶羅韓從大帳的一個角落裡走了出來，當即道：「還是你有辦法，就算燕侯不答應，等他的使者回去了，也會被迫答應的。」

軻比能道：「漢人很狡猾，等不了七天時間，我們五天之後就進攻……」

步度根急忙道：「可是燕侯已經答應給我們物資了，為什麼還要進攻？」

軻比能眼中現出凶光，道：「我本以為燕侯不會答應我們，沒想到他一口答應了，他之所以答應的那麼快，就說明他害怕我們，既然他害怕了，那我們就能得到更多。**這一次我要帶鮮卑的勇士們徹徹底底的把我們這兩年失去的全部討回來，先給漢人一個下馬威，以後讓他們不敢再對我們說半個不字！**」

「你……」

步度根想說什麼，卻被扶羅韓拉住了，話音一轉，問道：「我們哪裡來的那麼多兵？燕軍實力強盛，又有長城守護，沒有二十萬以上的兵力，我們根本無法進入關內。」

軻比能笑道：「放心，我已經讓人去搬援兵了，五天後，我要以二十五萬的兵力從並州突破，入關之後，大家想怎麼殺就怎麼殺，搶到的女人、財物全部歸自己所有，然後再去幽州、冀州，把整個河北都給搶光，哈哈哈哈……」

步度根看了扶羅韓一眼，兩人心裡都在想著，軻比能到底從哪裡弄來了十萬騎兵？

軻比能轉身離開，走到大帳門口時，突然停住腳步，道：「哦，對了，五天後，把你們手上的兵力全部交給我指揮，你們兩個在這裡坐鎮即可。」

話音一落，軻比能便離開了大帳，只留下步度根、扶羅韓兩人相視無言，卻也無可奈何。

許攸回到馬邑城，將今天所見所聞再次稟告給高飛。

高飛聽後，道：「參軍辛苦了，下去好好養傷，剩下的事，就交給我。」

許攸道：「屬下告退！」

「管亥、周倉、王文君，你們三個人火速去馬邑城南三十里處，在去雁門關的必經之路上挖下一個巨大的陷馬坑，給你們一萬人馬，三天的時間完成，我要在那裡進行伏擊。」高飛吩咐道。

管亥、周倉、王文君齊聲道：「諾！」

高飛見管亥、周倉、王文君走了，又對歐陽茵櫻道：「小櫻，你暫時先撤入雁門關，遇到韓猛、太史慈、魏延、臧霸等人，便讓他們將所有兵馬駐守在雁門關，並且讓韓猛率部去偏頭關駐守，讓臧霸去樓煩關駐守，將雁門關交給太史慈，魏延副之，你為軍師，一面掩護關外百姓撤到關內，一面等待我帶兵歸來。」

歐陽茵櫻道：「諾！」

高飛又對蓋勳道：「蓋太守，麻煩你帶領烏力登和五千烏桓突騎回代郡，通知幽州長城一線各個關防，嚴密把守各個關隘，再讓夏侯蘭帶兵進駐居庸關，讓田豐為幽州刺史，負責籌畫幽州境內一切安全，我怕鮮卑人在這裡吃了虧，會有一部分流竄到幽州為亂。」

蓋勳道：「諾！屬下這就去！」

高飛摒退眾人後，靜坐在那裡，暗自發誓道：**「七天，七天之後，我要給鮮卑人一個沉重的打擊！」**

正當馬邑附近的高飛和鮮卑人都在積極籌備這場即將到來的大戰時，遠在司隸虎牢關的呂布已經和曹操的軍隊打得如火如荼了。

「殺……都給我狠狠的殺，不要放過一個魏軍將士！」

呂布騎著赤兔馬在虎牢關下往來衝突，手持方天畫戟的他，一邊不停地結束著敵人的生命，一邊大聲地吼叫著。

夕陽西下，殘陽如血，虎牢關外屍橫遍野，呂布所帶的五百精騎像是一股凶猛的洪水一樣，席捲著魏軍的陣地。

「頂住！給我頂住！後退者殺無赦！」

魏軍陣地上，曹仁手持利劍，立在馬上，一邊憤怒的嘶吼著，一邊就地斬殺著後退的士兵。

「呀……」

曹仁當下斬殺了一個後退的士兵，鮮血濺了他一身，可是他的話就像放屁一樣，甚至連放屁都不如，根本抑制不住不斷後退的士兵。

兵敗如山倒，魏軍將士的心裡都充滿了恐懼，戰意也早已被呂布磨滅掉了，一經後退，勢不可擋，反倒將後面衝上來的步兵推擠，死了數百人。

虎牢關上，曹性率領眾多弓箭手不停地發射著箭矢，矢如雨下，密集的箭矢以強勢壓制著攻城的士兵。

城門邊，呂布帶著五百精騎更是勢不可擋，所過之處猶如進入無人之地，馬蹄踐踏著敵軍的屍體，不斷打擊著妄圖攻城的士兵，只一會兒的時間，便讓魏軍盡皆喪膽。

「嗖！」一支利箭破空射來，朝著正在指揮戰鬥的曹仁射去。

「頂住！後退者……」

曹仁正在揮劍吶喊，嗓子都喊啞了，發出低沉的嘶吼，扭頭瞅見一支利箭向他射來，大吃一驚，急忙躲閃，身子一偏，箭矢雖然沒有射中要害，可還是射進了他的體內。

「哇啊……」曹仁一聲慘叫，右胸中箭，整個人從馬背上翻了下來，「撲通」一聲重重地摔在地上。

「大哥……」

正在前軍率領虎豹騎擋住呂布的曹純見狀，緊張地叫著，長槍刺死一個晉軍士兵後，調轉馬頭便朝後面跑。

曹純一退，三百虎豹騎立刻圍成一團，擋在曹純的身後，邊戰邊退，絲毫沒有因為主將的退卻變得慌亂。

「快救將軍……快救將軍……」韓浩、史渙雙雙從左右兩翼前來救護。

曹仁墜馬，身後的親兵立刻將曹仁扶起，二話不說，直接將曹仁架住，迅速撤離了戰場。

「不能……退……頂……頂住……」

曹仁滿口吐血，雙眼迷惘，伸出手緊緊地抓住一個親兵的臂膀，用極為微弱的聲音喊道。

「叮叮叮……」遠在大營望樓上觀戰的滿寵見狀，立刻做出判斷，讓人鳴金收兵。

虎牢關的城門口，呂布見到曹仁被射傷，魏軍撤退，已經是血人的他興奮不已，揮著沾滿鮮血的方天畫戟，奮力地嘶吼著：「殺！給我殺！」

身後剩餘的四百多精騎瞬間便跟隨呂布衝了過去，踐踏著向後敗退的魏軍士兵，將那些跑在最後面的步兵任意屠殺。

滿寵高瞻遠矚，看到呂布乘勢殺來，立刻大聲喊道：「弓箭手準備，不得讓敵人靠近營寨半步！」

呂布率領數百騎兵不停的追殺，快要殺至魏軍營寨時，忽然看見漫天飛舞而來的箭矢，他急忙用方天畫戟撥擋，可是身後跟著的騎兵卻並非個個如同他一樣，不少人躲閃不及，身中數箭。

他見敵軍潰散回營，弓箭手林立，當即勒住馬匹，大聲喝道：「回城！」

一聲令下，呂布和部下數百騎兵轉身回城，一溜煙的功夫，踐踏著無數士兵的屍體，往虎牢關裡退了回去。

滿寵站在望樓上看見呂布率部離開，長出了一口氣，暗嘆道：「呂布真是驍勇異常，今天親眼所見，方知飛將軍之名並不虛傳，只率領五百騎兵，便將數千攻城將士打得盡皆喪膽，這份勇力，只怕主公身邊的典韋、許褚也不能企及。」

滿寵吩咐各個將校緊守營寨，下了望樓，徑直進入曹仁大帳。大帳裡，曹仁躺在臥榻上，曹純、韓浩、史渙三人盡皆伏在臥榻前，曹純手握著曹仁的手，早已經是滿眼熱淚。

「軍醫……快去叫軍醫……」

曹純發出聲聲嘶吼，看著躺在臥榻上昏迷不醒的曹仁，早已失去了應有的理智。

滿寵進帳，看到這一幕後，急忙道：「韓浩、史渙！」

韓浩、史渙二人立刻站起身子，拱手道：「參軍有何吩咐？」

滿寵問：「夏侯將軍何時才能抵達？」

韓浩回道：「夏侯將軍吩咐我等率領一千騎兵先行前來支援，想必明日便可抵達。」

滿寵嘆道：「沒想到剛開戰兩天，我軍竟然傷亡如此慘重，呂布勇不可擋，主公尚在陳留調兵遣將，籌備糧草，我先鋒大軍連續猛攻兩日竟然不能攻下虎牢，已經沒有臉向主公交代了。只盼夏侯將軍速速前來，以數倍於敵人的兵力猛攻虎牢關。你二人現在就去加固營壘，安撫傷兵，加強夜間巡邏。」

韓浩、史渙齊聲答道：「諾！」

滿寵來到曹純身邊，看了眼中箭昏迷的曹仁，拍了拍曹純的肩膀，安慰道：

「你大可放心，將軍所中之箭並非要害，又有鐵甲防護，箭矢從那麼遠的地方射過來，已經成了強弩之末，只要將箭頭拔出來就可以了，**現在當務之急是穩住軍心**，這兩日來，呂布每次趁我軍攻城之時率領五百騎出戰，已經將士兵的戰心磨掉了，這樣下去，只怕軍心渙散，不戰自潰了。」

曹純聽後，扭臉問道：「參軍有什麼方法嗎？」

滿寵嘆了口氣道：「今日就連我站在望樓上看到呂布的身姿都有點心驚，更別說是在前線打仗的士兵了，現在最要緊的，是趕緊去一趟陳留，請主公身邊的典韋、許褚一起前來助陣，主公籌備糧草、調兵遣將，公務繁忙，還要防備袁術可能有的偷襲，光留在徐州、青州的兵力就占了我軍的三分之二，如果全力攻打呂布的話，袁術很可能會派兵偷襲兗州，所以主公必須做好善後才能前來。」

「參軍的意思是讓我回去請典韋、許褚？」

「另外還有一層意思，袁術雖然兵多將廣，可是良將不多。你去年和宋軍打了一仗，宋軍的將士對你記憶猶新，如果知道是你在鎮守兗州邊境的話，或許他們不敢輕易冒進。」

「可是……我大哥還在昏迷中，我怎麼可能就這樣走開？」

「將軍之傷並無大礙，你可放心離去，這裡由我坐鎮，至少可以抵擋呂布一時，**與袁術比起來，呂布才是主公心腹大患**，如今眾多諸侯盡皆發兵攻打，可除了河北的高飛和我軍之外，其餘的諸侯都仍在觀望，若給了呂布喘息之機，後果不堪設想。」

曹純想了想，擦掉眼淚，站了起來，朗聲道：「好，我回去。請參軍好好照顧好我大哥！」

滿寵道：「將軍放心，我一定會好好照顧好曹將軍的。」

這時，軍醫急忙走了進來，立刻給曹仁治傷。曹純詢問曹仁傷勢，軍醫說曹仁無甚大礙，只需調養幾日方可，曹純聽後，這才放心離去。

第九章

釜底抽薪

郭嘉暗暗想道：「高順的陷陣營在軒轅關，虎牢關這裡只有一千狼騎兵和三千多並州健兒，而且呂布又以狼騎兵為中堅力量，若是能釜底抽薪的話，或許能夠致使呂布敗亡，在這之前，我應該讓呂布去消磨掉曹操的兵力……」

虎牢關裡，呂布洗去了一身血污，換上一身便裝，在關城的官邸裡大開慶功宴，當眾賞賜給曹性許多財物。

「哈哈哈，曹性，你這一箭射得好，但願曹仁今夜便一命嗚呼。」呂布一邊飲酒，一邊大聲表揚道。

曹性也是一臉的歡喜，抱拳道：「多謝主公賞賜，只是今天太可惜了，那一箭本來要射中曹仁心窩的，哪知道曹仁竟然動了一下身體，反而射到了右胸上。下次我若再遇見他，一定要一箭射死他。」

郭嘉冷靜地坐在那裡，拖著下巴道：「主公，不可大意啊，我軍在虎牢關只有五千人，敵軍一萬多，東郡太守夏侯惇正率部趕來，曹操也並未親自出動，只怕以後會是很長一段時間的苦戰。夏侯惇乃魏軍大將，據說勇不可擋，需要小心才是。」

「哼！夏侯惇算什麼！他要是敢來，我一箭便射穿他的心肺，讓他去見閻王！」曹性輕蔑地道。

「好，這才是我晉軍的將軍，我晉軍健兒要是個個如你一般，雖然只有五千人，只要緊守虎牢關，就算曹操有十萬大軍前來，我也不怕。」呂布誇道。

曹性拜道：「多謝主公讚賞。」

郭嘉苦口婆心道：「主公，萬事還是小心為妙。」

「郭晉，這兩日大戰，你也是功不可沒，若不是你獻策在敵軍攻城之時予以打擊，讓敵軍無法架起攻城武器，我也不會取得如此的勝利。你還沒開葷吧？今晚我就賞賜給你一個美女如何？」呂布道。

郭嘉道：「這……」

「別這啊那的，就這樣決定了。」

「屬下……屬下遵命！」郭嘉無奈地道。

「啪啪啪！」

呂布伸手重重地拍了三聲，朗聲對外面的士兵叫道：「讓喀麗絲進來！」

大廳內噪雜的聲音頓時安靜下來，不多時，從大廳外面走進來一名美女。

這位美女遠遠望去，就像是剛剛才從冰窟裡走出來一樣，一身黑衣勁裝，袖口和領口上鑲著細細的金線滾邊，燈光照在她纖細的身上，感覺好像還在冒著水煙。

她的年紀不過十八、九歲，完美的五官就像一具由天上的神冰所雕，然後再由神仙施法點活的美女。她的皮膚白得像雪一樣，加上那身全黑的裝束，更襯托出肌膚的雪白，簡直就是一尊發亮的冰磁娃娃。

這美女一踏入大廳，便教大廳裡的所有男人都為之驚嘆，眼睛瞪得猶如銅鈴，嘴巴張得如同壺口，但也只一瞬間，幾乎所有的將校都感到了一絲寒意，不由自主地便低下了頭，饒是在座的幾名匈奴人，只看一眼，也不敢再直視。

郭嘉端坐在那裡，看到這美女徑直朝大廳中央走來，向呂布抱拳道：「喀麗絲見過神勇無敵的飛將軍！」

呂布端著酒杯，將杯中美酒一飲而盡，隨即指了指坐在右手邊的郭嘉，對那自稱喀麗絲的美女道：「以後……他就是你的男人了，你和他一起下去吧。」

喀麗絲看了眼郭嘉，那雙深邃得如同冰窖的眸子裡射出兩道精光，冷笑一聲，道：「飛將軍，喀麗絲不明白是什麼意思？」

「意思？很簡單，就是說，**從現在開始，你就要嫁給他，做他的婆娘，從今以後，為他生兒育女！**」呂布原本親切的臉突然露出猙獰之色，似乎極為不滿喀麗絲的問話。

大廳內的氣氛立刻變得緊張起來，喀麗絲什麼都沒說，扭頭便朝外走。

呂布滿臉怒容，眸子裡燃燒著熊熊烈火，舉手向下一擊，竟然一掌將身邊的一張几案震碎，暴喝道：「喀麗絲！你不要敬酒不吃吃罰酒！」

這時，在座的幾名匈奴都尉都紛紛站了出來，一起攔住喀麗絲的去路，右手捶胸，單膝下跪，向喀麗絲行禮道：「公主，王子殿下有過交代，無論是什麼事，我們都必須聽從飛將軍的，請公主殿下三思。」

喀麗絲停住腳步，眉頭皺起，轉身看著滿臉怒容的呂布，道：「你到底要我怎麼樣？」

「我說了，讓你嫁給他，做他的婆娘。別以為你是匈奴大單于的女兒，我就不敢拿你怎麼樣！如果沒有我的庇護，你們匈奴人無法在並州生存的如此之好。」呂布冷冷地道。

喀麗絲再次看了眼郭嘉，見郭嘉眉清目秀，身體雖然不算單薄，但是也說不上魁梧，根本無法和匈奴人相提並論，而且就膚色上來看，也沒有匈奴人白皙。她見呂布眼中透著殺意，只好點頭同意了。

呂布見喀麗絲點頭了，一把將郭嘉拉了過來，走到喀麗絲的面前，然後將郭嘉的手和喀麗絲的手放在一起，宣布道：「從現在起，郭晉就是你的男人，你就是郭晉的婆娘，這件事有目共睹，你們匈奴人的規矩你比我清楚，請你認真對待。」

喀麗絲白了呂布一眼，抓著郭嘉的手，從牙縫裡擠出四個字：「跟我回房！」

郭嘉還沒有反應過來，便被喀麗絲給拉走了，三步併作兩步出了大廳，那些匈奴人也都是一臉虛驚，在座的將校紛紛長出一口氣，如釋重負的樣子。

郭嘉被喀麗絲拉出大廳，便聽到身後傳來呂布和眾人的哈哈大笑聲。這突然的變故，就在這幾秒鐘完成了，他根本沒有來得及去細想這是怎麼一回事，便稀裡糊塗的成了這個匈奴女人的男人。

喀麗絲手勁大，拽著郭嘉像是大人在扯小孩的手一樣，她在前面走著，郭嘉在後面跟著。

「等等……等等……這到底是怎麼一回事，你鬆開我，讓我回去問個清楚……」

郭嘉聽到呂布要賞賜給他美女，還以為是漢人的美女，哪知道竟然是一個匈奴女人，雖然說這個女人極為美麗，可是她身上的那種冷漠總給他一種錯覺，讓他以為面前的這個女人像是一座萬年不化的冰山。

喀麗絲什麼都沒說，任憑郭嘉在後面亂叫，卻始終沒有停步，緊緊地拉著郭嘉的手，轉了幾個彎，來到一個房廊下面，推開房門，便將郭嘉一把推了進去。

進了屋子，郭嘉險些跌倒，好不容易才站直身體，便聽見背後傳來「砰」的一聲關門聲。

回過頭，郭嘉見喀麗絲站在門邊，解去了腰中懸著的彎刀，好奇地道：「你是誰？我怎麼從來沒有見過你？」

「你沒見過我，但我見過你，你現在已經是飛將軍面前最值得信任的人了，飛將軍不是已經拜你為軍師了嗎？我是誰？**我現在是你的婆娘，用你們漢人的話來說，叫妻子，而你現在就是我的男人，我的丈夫。**」

郭嘉覺得自己頭有點大，剛才喝了點酒，還有些醉，現在聽了喀麗絲的話，立刻清醒過來。看著坐在胡凳上的喀麗絲，問道：「你是匈奴人？」

「你沒長眼睛嗎？這麼明顯都看不出來？」喀麗絲倒了一杯酒，那酒是乳白色的，正是匈奴人愛喝的馬奶酒。

郭嘉還有點搞不清楚狀況，只覺得這一切來得是那麼突然，問道：「主公帶來的匈奴人不都是男人嗎，怎麼會平白無故多了一個女人？而且那群匈奴人的都尉都叫你公主，你是匈奴大單于的女兒？」

喀麗絲點點頭，喝了口馬奶酒，什麼都沒說。

「奇怪，**主公心裡到底在打什麼主意？**」郭嘉在房間裡踱來踱去，最後坐在床邊，細細思索道。

房間內燈火忽明忽暗，夜晚是如此的靜寂。

喀麗絲見郭嘉若有所思的，便道：「你還沒有想到嗎？」

「想是想到了，但是不知道對不對。主公讓我娶你，是不是想永遠獲得匈奴人的支持？」

「不！**他是想控制整個匈奴人，我是他的人質。**」

「人質？」

這個答案讓郭嘉有點意外，他知道呂布帳下的狼騎兵都是清一色的匈奴人，而且驍勇善戰，勇猛異常，本以為匈奴人和呂布的關係很好，哪知道會牽扯出一個人質來。

「飛將軍一直在利用我們匈奴人為他打仗，我父王提出反對，可是卻被國相陳宮給軟禁起來，我哥哥于扶羅前去晉陽找呂布，結果被打傷，無奈之下，只能用人質進行交換。我便成了人質，留在晉陽，一直作為狼騎兵的一名校尉，跟在呂布的身邊，一直到現在。」喀麗絲回憶道。

「沒想到呂布和你們匈奴人之間還有這樣的一段往事……」郭嘉想起了什

麼，道：「這麼說來，你們匈奴人其實並不是很願意給呂布當兵了？」

喀麗絲點點頭，嘆道：「飛將軍天下無雙，力壓群雄，殺了我們匈奴的第一勇士，自此無人敢不從，也只能聽其差遣了。」

郭嘉明白喀麗絲話中的意思，他在幽州待了兩年，跟烏桓人、鮮卑人都有過接觸，知道烏桓人、鮮卑人、匈奴人都是崇拜英雄的民族，一個人的武力若是很強大，他們都會很欽佩，對其敬重有加。

「原來如此，那你現在準備怎麼辦？」

「你現在已經是我的男人了，按照我們的規矩，今夜我就是你的了，你想怎麼辦都行。」喀麗絲說著便站了起來，剛喝過馬奶酒的臉上還透著一絲微紅，讓她的臉蛋看起來白裡透紅的，甚是誘人。

郭嘉低下頭道：「嗯……今夜我們不如將就一夜，我睡地上，你睡床，等明天天亮以後，我們再……」

這時，郭嘉不經意地抬起頭，瞳孔登時放大了一倍，他看到喀麗絲竟然一絲不掛的朝他走來，嚇得道：「你……你怎麼……」

郭嘉急忙閉上眼，狂擺手道：「非禮勿視……非禮勿視……」

喀麗絲見到郭嘉害羞的樣子，不禁覺得有點好笑，雙手搭在郭嘉的肩膀上，便準備要褪去郭嘉的衣服。

「不行……我不能……」郭嘉竟然掙扎起來。

可是喀麗絲的力氣很大，將郭嘉的雙手按住，借勢壓在郭嘉的身上，將郭嘉整個人定在床上，看到郭嘉背著頭，一副抵死不從的樣子，皺起眉頭道：「你是男人嗎？」

「我是！可是我現在不能……」

「既然是男人，為什麼那麼婆婆媽媽的，什麼能不能的，我現在是你的婆娘，你是我的男人，我當著那麼多人的面把你帶回了房間，就算我們今夜沒有發生什麼，在外人的眼裡，我們還是發生了什麼。」

「可是我真的不能，我還有很重要的事情要做，我不能牽連到你……」

不等郭嘉把話說完，喀麗絲便主動將嘴湊到郭嘉的嘴上，一條濕滑柔軟的舌頭便進入了郭嘉的嘴裡，將郭嘉的嘴堵得嚴嚴實實的。

郭嘉還從未碰過女人，雙手被喀麗絲禁錮著，口中含著喀麗絲的舌頭，血液在身體裡澎湃不已，越發難以控制自己，不禁動情起來。

見到世上如此尤物，欲火焚身的他把什麼都拋到腦後了，將喀麗絲壓在下面，然後褪去自己的衣物，和喀麗絲進入到火熱的兩人世界……

與此同時，大廳裡，呂布和眾將還在開懷暢飲，見大廳外面來了一個人，便問道：「怎麼樣？」

那人道：「啟稟主公，屬下在牆根聽得一清二楚，房裡已經傳來陣陣呻吟的聲音。」

呂布聽後，哈哈大笑起來，指著曹性道：「曹性，你輸了，郭晉不是龍陽之癖，哈哈哈，我贏了……」

曹性一臉的無辜，苦笑道：「屬下沒見過軍師對哪個女人動心過，還以為軍師不喜歡女人呢，原來一切都是假象……」

呂布心中自有一番如意算盤，道：「不過這樣也好，郭晉不愛財、不貪酒，我能賞賜給他的也只有美色了，希望他能一心一意的對我，幫我度過這次難關。」

「報——」外面來了一個人，慌裡慌張地道：「啟稟主公，並州……並州失守，國相大人他……」

「陳宮……陳宮怎麼樣了？」呂布急忙問道。

「國相大人以身殉國……」

「啪！」呂布憤怒地將手中的酒杯摔在地上，暴跳如雷道：「該死的高飛，我和你勢不兩立！」

「報——馬騰所部張濟、樊稠率兵出了函谷關，將軍文醜與之激戰，並且成功將張濟、樊稠重新趕回了函谷關，張濟、樊稠不敢再出關應戰！」

「好啊，文醜幹得漂亮。諸位聽令，明日隨我一起出關殺敵，一定要將魏軍斬殺殆盡！」呂布大聲喊道。

「諾！」眾將齊聲答道。

次日，天剛濛濛亮時，蛻變成男人的郭嘉從夢中醒來，胳膊還在緊緊地抱著喀麗絲，鼻息間散發著喀麗絲身上淡淡的清香，入人心脾。

「嗯……」喀麗絲發出夢囈的輕吟，翻動了一下身子，將頭靠在郭嘉的胸口，小鳥依人般地躺在郭嘉的懷抱中。

郭嘉伸出手輕撫著喀麗絲烏黑秀麗的長髮，在喀麗絲的額頭上輕吻了一下，看著喀麗絲睡著的甜美樣子，他很難想像昨夜在他身體下面不斷扭擺的女人就是面前的喀麗絲。

「這個匈奴女人，外表看著十分的冰冷，沒想到內心竟是如此火熱……論相貌，她也堪稱一個美人了，可是她始終是一個匈奴人……」

郭嘉躺在床上，手輕撫著她嫩滑的肌膚，腦中卻一直在思索著問題。

「並州這個時候應該已經被主公拿下了，曹操、馬騰、劉表、袁術，四路兵馬齊聚，卻遲遲不肯全力攻打，唯獨這兩天曹仁耐不住性子，率先攻關，卻又連連遭受挫折，昨天更是連性命也丟了。要說呂布已經大勢已去，可是他緊守四方關隘，牢不可破，部下士兵更是情緒高漲；要說他強悍吧，整個司隸他只有兩萬人，而且高順、文醜盡皆有勇略，守衛一方，很難撼動，我必須要想個萬全之策，既讓呂布敗亡，而且又能磨損四方諸侯兵力，只有這樣，我的使命才能完成……」

「唉！」郭嘉想了半天，暫時也想不出什麼好辦法來。

「你在想什麼呢？」喀麗絲不知道什麼時候睜開雙眼，用她那雙明亮的眸子看著郭嘉。

「沒……沒想什麼……」

「既然你不想告訴我，我也就不問了。但是，我想讓你知道，我現在是你的婆娘，不管你做什麼，我都會一直跟著你，遵從你的意見。你們漢人不是有句話叫嫁雞隨雞嫁狗隨狗，在我們匈奴雖然不是這樣說的，但是道理是一樣的，我這輩子都是你的人，除非你死，才可以改嫁。」

郭嘉思索了一下，問道：「是不是我說什麼話你都聽，做什麼事，你都願意跟著一起做？」

喀麗絲點點頭，柔聲道：「生死相隨，至死不渝。」

「沒想到匈奴女子也有如此烈志……」

「並不是你們漢人的女子才是最好的，你們漢人的女子都太弱小，總是希望有人來保護，可是我們從小狩獵，自己可以保護自己，你們漢人女子有的，我們一樣可以學會。」

郭嘉道：「嗯，那也是，畢竟你們已經內遷了那麼多年，和漢人雜居在並州，一些漢人有的習俗，你們也該學會了。喀麗絲，我有一件事需要你去辦，不知道你能否勝任？」

喀麗絲道：「我都是你的人了，還有什麼不能為你辦的，你說吧！」

郭嘉道：「主公帳下有一千狼騎兵，都是你們匈奴人，我想知道，如果你和主公之間有衝突了，這些人在你和主公之間，會聽從誰的？」

喀麗絲想都沒想便道：「我們體內流的都是匈奴人的血，自然是聽我的了。這也是呂布為什麼不敢動我的原因……」

郭嘉皺起眉頭，暗暗想道：「呂布現有的部下裡，高順的陷陣營在軒轅關，虎牢關這裡只有一千狼騎兵和三千多並州健兒，而且呂布又以狼騎兵為中堅力量，若是能釜底抽薪的話，或許能夠致使呂布敗亡。不過，在這之前，我應該盡可能的讓呂布去消磨掉曹操的兵力……」

「你又在想什麼？」喀麗絲見郭嘉總是若有所思的樣子，不滿地道。

「呵呵，在想你啊。」郭嘉趕忙安撫道，接著問道：「你說那些狼騎兵聽你的，如果我想讓那些狼騎兵聽我的，你有辦法嗎？」

喀麗絲突然翻過身子，騎在郭嘉的身上，嫣然一笑：「只要我一聲令下，他們就會聽你的……」說完，喀麗絲便吻住郭嘉，再一次用她的身體將郭嘉的欲望給挑了起來……

天色大亮，呂布從床上跳下來，搖了搖還有點眩暈的頭，洗漱好後，便全身披掛的出了房間，騎上赤兔馬來到虎牢關的城門邊。

呂布登上城樓，目視前方不遠處的魏軍大營。魏軍大營旌旗飄展，刀槍林立，弓弩齊備，看上去防守的十分堅固。

「哼，越是防守的如此嚴密，越心虛，曹仁受傷，韓浩、史渙不足為慮，虎豹騎又少之又少，正是破敵之時。」

呂布自言自語的說完這番話後，當即喝令道：「傳令下去，集結四千騎兵，隨我出擊。」

傳令官立刻下去傳令，開始徵調關內的士兵。

這時，郭嘉滿臉紅光地走了過來，見呂布立馬在城樓上，也登上城樓，拜道：「屬下參見主公！」

呂布見是郭嘉來了，高興地道：「哈哈，新郎官來得正好，可惜這虎牢關內沒有婚禮用的物品，否則的話，我一定會為你舉辦一場隆重的婚禮。」

「主公待屬下不薄，屬下感激不盡，現在這種情況，這婚禮不辦也罷……」

「呵呵，看你紅光煥發，滿面春風，看來昨夜的春宵沒有白過。嗯，正該如此，男人雖然不能沒有女人，但也不能沉湎於酒色，喀麗絲是匈奴大單于的女兒，是匈奴的公主，我讓你娶他，是別有深意，以你的聰明，應該能夠體會到我的用心吧？」呂布打斷郭嘉的話道。

郭嘉道：「屬下明白，主公是想借機控制整個匈奴人……」

「錯！**我是想讓匈奴的大單于率部全部到司隸來，為我所用！**」

呂布眼中露出兩道凶光，朗聲道：「並州已經被高飛拿下了，但也無非是上黨、晉陽等地而已，作為匈奴人久居的西河郡、上郡，這兩個地方高飛絕對不可能那麼快就占領。喀麗絲只要在我手中一天，匈奴的大單于就會有所顧忌，我已經讓曹性派人潛回並州了，數日後，想必匈奴人就會開始反撲並州，並且一路南下，來到司隸與我回合。」

郭嘉聽後，立刻感到了事態的嚴重性，雖然現在的匈奴人已經漸漸稀少，可是分布在並州的匈奴人加在一起，還是有二三十萬人，如果匈奴人十萬兵力南下，那麼呂布就無疑掌握了一張重要的王牌。

「軍師請看，前方就是魏軍的營寨，我準備開始進攻營寨，趁夏侯惇沒有到來之際，先行迫使曹仁退兵……」

呂布自信滿滿地說著，意氣風發，絲毫沒有一點的苦惱，彷彿世界都握在他手中一樣。

郭嘉道：「主公，屬下認為不宜輕出，魏軍現在防守極為嚴密，若是主公率部攻擊，不但不能攻下，還會有所傷亡，我若堅守此處，等夏侯惇大軍到來之際，再行攻擊，必然能夠取得奇襲的效果。」

「哦?此話怎講?」呂布皺眉道。

郭嘉分析道：「現在曹仁受傷，部下各個精神緊繃，援軍未到之前，他們不會放鬆，若是援軍一到，他們的戒備心理就會有所放鬆，而且還會依賴援軍。可是，援軍長途跋涉而來，必然疲憊，主公若在那個時候進攻魏軍，必然能夠取得奇襲的最大效果，雖然不至於攻占營寨，但是再屠殺他個三五千人也不成問題！」

呂布聽後哈哈笑道：「我有軍師，何愁敵軍不敗？只可惜陳宮已死，若是陳宮在我身邊，你和陳宮一左一右，我就堪稱天下無敵了。」

郭嘉問道：「不知道張遼將軍消息如何？」

呂布聽到此話，收起了笑容，道：「恐怕也是凶多吉少，但願文遠能夠突破重圍，安全抵達司隸，與我回合……」

隨後，呂布便解除了出擊的命令，讓人秘密監視魏軍的一舉一動，只要見到有援軍到來的跡象，便毫不猶豫的出擊，虎牢關內，士兵也都做了準備，人不卸甲，馬不卸鞍，隨時進入戰鬥模式。

與此同時，喀麗絲按照郭嘉的吩咐，積極的聯絡狼騎兵的各個都尉，只一句話，那些狼騎兵的都尉們紛紛表示願意聽從喀麗絲的話。

時近中午，夏侯惇率領一萬馬步軍抵達曹仁的大營，負責監視的士兵立刻向呂布彙報。呂布立刻聚集了四千騎兵出擊，戰鬥一觸即發……

魏軍大營前，滿寵帶著韓浩、史渙二將前來恭迎夏侯惇的到來，寒暄兩句後，大軍拖著疲憊的身軀魚貫入營。

突然，虎牢關城門洞然打開，呂布帶著四千騎兵迅速奔馳而來。

「敵襲！敵襲！敵襲！」

站在望樓上的魏軍士兵看見虎牢關裡湧出大軍，立刻大聲示警。

夏侯惇、滿寵、韓浩、史渙四人向外看去，但見從虎牢關到魏軍大營前的曠野上，有一團火雲掠過，速度極快，後面則是個個身披戎裘的狼騎兵，再後面是清一色的並州健兒，四千騎兵猶如洶湧的洪水般襲來。

「滿寵守營，韓浩、史渙率領騎兵跟我來！」

夏侯惇手中緊握大刀，騎在馬背上，見那團火雲的背上是呂布，立即調轉馬頭喊道。

「將軍不可，那呂布驍勇異常，氣勢雄渾，身後更有四千騎兵助陣，勢不可擋，唯有堅守營寨為上！」滿寵見夏侯惇要迎戰，急忙勸道。

「哼！小小呂布能奈我何？我倒要領教一下呂布的功夫，看看他到底有幾斤幾兩！」夏侯惇冷聲道。

滿寵著急地道：「將軍，主公身邊的典韋、許褚昔日都不能取勝，我只怕……」

夏侯惇一聽這話，怒視著滿寵，將大刀直接橫了過來，刀鋒在太陽底下甚是耀眼，只見寒光一閃，一股淩厲的刀風吹拂起滿寵的兩鬢，那鋒利的大刀架在滿寵的脖子上，與滿寵只相距幾公分。

「你這話是什麼意思？你是說我連典韋、許褚都不如了？」夏侯惇喝問道。

滿寵知道自己說錯話了，立即更正道：「屬下不是這個意思，屬下是說……」

「夠了！你什麼都不用說了，趕緊讓步兵進寨，緊守營壘，韓浩、史渙，跟我來！」夏侯惇將大刀一收，立刻策馬而出，任憑滿寵在後面呼喊什麼，都置之不理。

韓浩、史渙二人召集了還未進入營寨的三千騎兵分散在兩翼，讓步兵迅速進入營寨。

可是，不等夏侯惇帶領的騎兵列好陣，呂布便一馬當先的衝了過來，手中方天畫戟一揮，前來阻擋他的士兵立刻喪命，而他身後的四千騎兵更是勢不可擋的衝了過來。

「放箭！」滿寵見晉軍騎兵到來，立刻下令道。

矢如雨下，密集的箭矢朝晉軍奔馳而來的騎兵射了過去，可是晉軍騎兵衝擊的太快，一撥箭矢射出去只射倒尾部的百餘人，其餘的盡皆被晉軍格擋住，再想射第二波，已經是萬萬不能，因為晉軍的騎兵已經衝撞上了夏侯惇的後軍步兵，正在盡情的踐踏著，而夏侯惇領著騎兵也殺了過來，混戰在一起，讓這些弓箭手無法下手。

呂布率先衝入魏軍的陣中，方天畫戟掃出一條血路，周圍丈許之內無人敢近身。狼騎兵在這時正好補充上來，將空檔填補了上去，彎刀出手，頭顱落地。

魏軍的步兵面對這來勢洶洶的騎兵，不少人先是被馬匹撞飛，接著便是被狼騎兵彎刀砍死。

曹性領著三千並州健兒組成的騎兵在後，他一邊張弓搭箭，一邊高聲呼喊著，帶領三千並州健兒先是遠射一番，然後臨近時便換上馬刀，很快便衝了上去。

夏侯惇雙目緊盯著呂布，韓浩、史渙本來帶領著騎兵想去阻擋呂布，可是當呂布帶著騎兵到來時，後方還未能進入兵營的步兵便慌了神，隊形瞬間被擊潰，為了活命，那些步兵亂作了一團，非但沒有擠進營中，反而將夏侯惇、韓浩、史渙等人帶來的騎兵給阻擋住了。

魏軍大營前混亂不堪，騎兵向外擠，步兵向裡擠，擠來擠去，最終都沒有進營，聚攏在大營前。

「混帳！讓開！都讓開！」

夏侯惇見到這樣混亂的局面，頓時大叫了起來，情急之下，舉刀便殺了一個士兵，其餘的人才稍稍避走。

呂布勒住赤兔馬，見魏軍營寨的望樓上不斷有弓箭手射來箭矢，自己的部下有好幾個中箭，便向後喊道：「曹性！幹掉那些弓箭手！」

曹性聽後，二話不說，張弓搭箭，三支箭矢全部扣在弓弦上，瞄準望樓上的弓箭手便放了出去。

三箭齊發，劃破了長空，只聽三聲「噗、噗、噗」的悶響，望樓上的弓箭手便被幹掉了三個。

曹性周圍的部下也紛紛拉弓射箭，先是朝望樓上的弓箭手一陣亂射，解決了弓箭手的威脅後，便朝堵在軍營寨門前的士兵一陣亂射。

曹性更是一發三箭，著著皆中。

曹性能列為呂布帳下八健將之一，全憑他的一手好箭法，獵戶出身的他，對箭術十分精通，後來被呂布看中，很快便被選為弓兵隊長，之後一步一個腳印的爬上八健將的位置，那是因為他總是用弓箭偷襲敵方主將。在對付鮮卑人的戰鬥中，被他射死的鮮卑酋長不計其數。

呂布看到曹性解決了弓箭手的威脅，扭頭見正前方的夏侯惇在人群中向自己奔馳而來，所過之處步兵盡皆讓路，手中更是舉著一把大刀。

他冷笑一聲，用輕蔑的目光看著夏侯惇，將方天畫戟向前一橫，冷冷地道：「不自量力！」

史渙、韓浩因為騎兵受堵，便將隊伍向兩翼拉開，這才帶著些許騎兵有了喘息之地，向晉軍士兵衝殺過去。

夏侯惇怒視著呂布，見呂布一動不動，架勢卻絲毫不弱，便叫道：「呂布，你莫不是看不起我？」

「跳梁小丑而已，不足為慮！」呂布朗聲答道。

夏侯惇憤怒了，論武力，他一點都不差，論騎術他也很精通，就連典韋也是他以前的部下，他聽到呂布的這番話，怒道：「今天我要取你狗頭……」

「嗖！」一支箭矢破空而來，夏侯惇心中一驚，定睛看見那鋒利的箭矢朝自己頭顱射來，他嚇得不輕，急忙側了一下臉，突然左目一陣火辣辣的痛，整個眼睛先是變得血肉模糊，而後變得一片黑暗，最後才是劇烈的疼痛，而且自己的頭也被箭矢所帶的力量給向後帶了帶。

「啊……」夏侯惇慘叫一聲，左目中箭，讓他險些從馬背上跌落下來。

呂布看到夏侯惇中了一箭，先是吃了一驚，再向後看了眼曹性，見曹性正一臉的得意，便道：「幹得不錯，再補一箭……」

話還沒說完，便看見曹性的臉上現出驚恐之色，眼睛瞪得像銅鈴那麼大，他急忙回頭，就見夏侯惇將左目中的箭矢活生生的給拔了出來，箭頭上還串著一顆眼珠子，鮮血淋漓的，夏侯惇更是滿臉的血污……

「父精母血，不可棄也！」夏侯惇大吼一聲，張開嘴，便將箭頭上的眼珠子吞了下去。

呂布見後，也是一臉驚色，萬萬沒想到夏侯惇竟然會如此果敢，愣在那裡，不禁自言自語道：「天下竟然有如此人物……」

「主公小心！」曹性大叫一聲，同時張弓開箭，又射出了一支箭矢，這支箭矢直接瞄準夏侯惇的額心窩。

「雕蟲小技，豈可再次上當！」夏侯惇將大刀向胸口一橫，寬闊的刀面將曹性的箭矢給擋了下來，他睜大右眼，手握大刀，非但沒有退卻的意思，反而策馬向前奔馳，朝著呂布快速衝了過去。

呂布看見夏侯惇衝來，感到一絲的驚訝，隨即便恢復了冷靜，低吼道：「曹性，不准再放冷箭，我要親手將這個怪物殺了！」

曹性聽後，「諾」了聲，箭矢立刻瞄準其他的魏軍士兵。

「呂布！我誓要取你狗頭！」夏侯惇忍著常人難以忍受的極限痛苦，舉著大刀朝呂布快速地衝了過去。

呂布依然不動，並且驅開了周圍的狼騎兵，讓周圍空出一片空地，可是這片空地卻早已被鮮血染透，一片腥紅。

「我倒要看看，號稱魏軍第一大將的夏侯惇到底有什麼本事！」呂布冷笑一聲，輕蔑地道。

夏侯惇快速駛了過來，奇怪的是，他只將大刀橫在胸前，卻不做出任何攻擊的招式。

呂布感到奇怪，皺起眉頭，見夏侯惇身體僵硬，睜大的右目也漸漸地閉上，整個人在馬背上歪歪斜斜的，不禁哈哈大笑道：「天助我也，夏侯惇已經在垂死掙扎了，只需輕輕一戟便可解決……」

說話間，夏侯惇的馬匹奔馳過來，眼看就要和呂布擦身而過時，呂布隨意的舉起手中的方天畫戟，等著夏侯惇自己送上門來。

就在電光石火間，夏侯惇卻突然精神抖擻，似是迴光返照一般，大刀一揮，快速出手，刀鋒快速橫掃了出去，身體也輕巧的避過呂布的方天畫戟，同時大喝道：「呂布，受死吧！」

呂布尚在洋洋得意，以為夏侯惇必死無疑，哪知道夏侯惇突然出手，他大吃一驚，眼見夏侯惇橫刀劈來，情急之下，雙腿用力一夾座下赤兔馬，赤兔馬像是感應到了主人的危險一樣，立刻側倒在地上。

刀鋒從呂布的頭頂上削過，一刀將呂布頭盔上的盔纓給劈成了兩半，當真是好險。

呂布避過一劫，心中恨意大生，見夏侯惇從他身邊馳過，方天畫戟猛然揮出，朝夏侯惇的右肋刺了過去。

夏侯惇右眼睜得賊大，眼珠子朝一邊滾動了一下，看到呂布不經意間刺出的一戟，急忙將大刀收回，用力杵在地上，只聽一聲悶響，大刀的刀頭直入地面，刀柄矗立在那裡，他撒手策馬狂奔，同時抽出了腰中佩劍。

「噹！」一聲劇烈的兵器碰撞聲，呂布的方天畫戟直接將夏侯惇的大刀擊飛，大刀在空中飛舞，不停地旋轉，刀頭所過之處，瞬間劈傷十幾名雙方的士兵。

夏侯惇因為兵器阻擋了呂布的攻勢，迅疾地逃開了，卻聽見背後一聲馬匹的長嘶，回頭看見呂布和座下赤兔馬已經翻身而起，正要追來，心中大驚：

「呂布果然是勇猛無匹，沒想到居然能抵擋住我的偷襲，要是被他追上，我必死無疑……」

呂布滿臉怒容，他還是頭一次被人逼迫的如此狼狽，若不是他與座下赤兔馬心意相通，只怕無法避過夏侯惇那記突來的殺招。

「駕！」他大喝一聲，方天畫戟舉起，赤兔馬快速地奔去，雙眼緊盯著夏侯惇的後背，恨不得立刻從他身上咬下一塊肉來。

「將軍快走！」

這時，韓浩、史渙從左右兩翼各率領數百騎兵殺了進來，他們目睹夏侯惇拔矢啖睛的一幕，都為之震懾不已，此時見夏侯惇沒有殺死呂布，反被呂布追擊，二人立刻前來救援。

「蝦兵蟹將全部閃開！」呂布見大約七八百騎擋住了他的去路，韓浩、史渙更是雙雙救護著夏侯惇往一邊衝去，大聲喝道：「曹性，還愣在那裡幹什麼？快追夏侯惇！」

夏侯惇拔矢啖睛的一幕都為兩軍將士所親見，有的到現在還是一陣發愣，曹性更是親眼目睹了這個畫面，整個人被深深地震懾住，此時聽到呂布的大喝，方才清醒過來，見韓浩、史渙率領一百多騎護衛著夏侯惇離開戰場，急忙率兵追擊而去。

七八百魏軍的騎兵擋住了呂布的去路，雖然知道必死無疑，但是為了救他們的將軍，每個人都奮不顧身地前來阻擋，可換來的卻是一顆顆人頭落地，一個個士兵身亡。

晉軍騎兵見呂布身陷敵軍包圍之中，立刻前來救援，一時間在魏軍營寨前混戰起來。

魏軍大營前，滿寵急忙疏散堵在營寨前的士兵，使通行恢復秩序，許多士兵魚貫入營，等到韓浩、史渙護衛著夏侯惇到來時，營寨前已經清出一片空地，直接迎入夏侯惇、韓浩、史渙等人。

「放箭！」滿寵見曹性率部追來，當即讓早已準備好的弓弩手一起射出箭矢，由於前方沒有了己方士兵的阻礙，弓弩手都肆無忌憚的射出箭矢，朝人群密集處一陣亂射，硬是將曹性等人給壓制住，讓他們不敢近前。

只是，那七八百魏軍的騎兵卻深陷在呂布和其部下的包圍之中，呂布在中間殺，晉軍騎兵在外圍殺，裡外夾攻，那七八百魏軍的騎兵只一會兒的功夫便全部落馬，盡皆戰死。

此時，滿寵已經將寨門緊閉，弓弩手無不緊張地守在營前，大營中更是刀槍林立，步騎兵盡皆準備好了作戰的準備。

呂布已經被鮮血染紅，看到防守變得嚴密的魏軍大營，以及周圍死傷一片的魏軍將士，雖然沒有親手殺了夏侯惇，可是見魏軍將士陣亡了兩三千人，還是十分喜悅，調轉馬頭，將方天畫戟向前一招，大聲道：「回城！」

虎牢關上。

郭嘉看見呂布獲勝，夏侯惇受傷，嘴角露出笑容，心中暗道：「照這樣下去，只呂布一人便可重創曹操大軍，看來如何對付呂布就夠曹操煩心的了。」

喀麗絲來到城樓上，走到郭嘉的身邊，她一身戎裝，乍看之下，和一般男兒無疑。

她緊緊地握著郭嘉的手，問道：「我已經照你的吩咐派人去西河郡，將事情通知大單于了，只是，我們又該如何從此處脫身呢？」

郭嘉道：「放心，你是我的婆娘，我走的時候自然會帶你走，還有你的族人，我也不會讓他們留在這裡的。」

喀麗絲沒有再說什麼，緊緊地攥著郭嘉的手，表示對郭嘉的信任。雖然她不知道郭嘉為什麼要這樣做，但是對她而言，能夠擺脫呂布，讓匈奴不再受其要脅，便是最大的幸福了。

呂布策馬而來，看到城樓上郭嘉和喀麗絲緊緊依偎，不禁道：「他們兩個倒是如膠似漆的，可惜當初我沒有聽從陳宮的意見，先娶了喀麗絲，反倒便宜了郭晉這小子……」

曹性在一邊聽了，道：「主公，當初為什麼你不娶喀麗絲呢？」

呂布憾聲道：「你以為我不想？如此美人，哪個男人見了不會心動？只可惜她以死相逼，我也無可奈何，總不能為了喀麗絲一人，讓我丟掉整個匈奴的支持吧？」

曹性聞言道：「屬下多嘴，還望主公見諒。」

「算了，這樣也好，一來可以讓郭晉對我更加忠心，二來也不至於丟失匈奴人的支持，一舉兩得也不錯。今天你射瞎了夏侯惇，等度過這場危機，我也送你一個匈奴美女，聽說欒提羌渠那老頭還有一個小女兒……」

曹性大喜道：「多謝主公賞賜！」

第十章

一王一霸

郭嘉看著遠處曹操，心中暗道：「這就是曹操嗎？雖然其貌不揚，可是身上卻透著霸氣，可是主公身上所流露出來的，卻是睥睨天下的王者之氣，一王、一霸，在爭奪天下時，主公和曹操之間勢必會有一場惡鬥。」

呂布回到虎牢關後，照例擺了一個慶功宴，埋葬死者、恩賞有功之人更是不再話下。

魏軍大營裡，被韓浩、史渙救下來的夏侯惇一回到大營便昏迷不醒了，軍醫急忙過來進行救治，雖然不至於喪命，卻大挫魏軍的銳氣，使得軍營的士氣顯得很是低靡。

滿寵在外帶兵收拾戰場，將戰死的士兵屍體給掩埋了，另外一方面急忙修書一封，派人送給遠在陳留的曹操。之後，他以參軍身分統帥全軍，命史渙將夏侯惇、曹仁送回陳留養傷，並且高掛免戰牌，堅守營壘。

呂布率部多次前去挑釁，皆沒有成功，無奈之下，兩軍又形成了對峙階段，各自開始休整部隊。

兩日後，夏侯惇、曹仁被送回陳留，曹操聽聞，率領眾將迎接，將夏侯惇、曹仁安置在太守府中休養，並且派遣專人看護。

之後，曹操聚集了在陳留的文武，眾人在太守府大廳裡共商大計。

「我軍連連受挫，曹仁、夏侯惇先後受傷，滿寵一再請求援軍，看來已經到我親自出馬的地步了。」曹操環視眾人道。

「主公！呂布驍勇，非常人所能取勝，屬下願意帶領一支虎豹騎前去支援，主公坐鎮陳留，布防好一切後再西行不遲！」典韋自告奮勇道。

「主公，我也去，兩年前那一戟之仇我還記憶猶新，我要再次和呂布鬥上一鬥。」許褚也抱拳道。

不等曹操發話，戲志才便站了出來，建言道：「主公，呂布非一人所能取勝，可使典韋、許褚聯手抗敵，就算不勝，也可以壓制呂布的囂張氣焰。另外，主公可派人到軒轅關，尋求劉表幫助，劉表和袁術有舊怨，如今兩軍皆陳列在軒轅關外，加以挑撥的話，必然能夠使得兩軍互相競爭，雙雙出兵攻打軒轅關，只要軒轅關破，呂布必然回防洛陽，虎牢關也可不攻自破。」

荀彧道：「主公，我願意前往楚軍中說服蔡瑁出兵。」

曹操擺擺手道：「不！我軍實力猶在，只不過傷了兩員大將而已。更何況劉備那廝已經逃到荊州，依附了劉表，文若要是去了，劉備必然從中作梗，我要親自率領兵馬攻打虎牢關，這個呂布，**我要再次會他一會，此一時彼一時，我相信我軍一定能夠打敗他的。**」

「可是袁術陳兵汝南，萬一我軍離去……」

「不用擔心，我已經派曹純去了，有他在，定然保兗州無虞。何況，我這次又不帶兵……荀彧，你留在陳留調度糧草，程昱，你去曹純那裡協助他，戲志才、典韋、許褚、曹洪、李典、樂進跟我走，只帶領五百虎豹騎即可，其他兵力全部留在陳留，以備不測。」曹操分配道。

眾將聽後，齊聲答道：「諾！」

經過一天一夜的奔馳，曹操率領部下終於抵達虎牢關外的魏軍大營，滿寵、韓浩迅速將曹操等人接了進去。

滿寵先是向曹操彙報了這幾天的兵力受損情況：「啟稟主公，這四天來，我軍傷亡慘重，兩萬五千將士已經折損了五千餘人，餘下的人都士氣低靡，加上呂布這兩天不斷前來挑戰，弄得軍營裡更是人心惶惶。」

曹操聽後，臉上沒有一絲的波瀾，似乎心中早有預料，淡淡說道：「嗯，伯寧辛苦了，剩下的事就交給我吧，東郡只留下蔡陽一人駐守，我實在不放心，你和韓浩帶領親隨前去，由你就任東郡太守。」

滿寵驚道：「主公，大敵當前，正是用人之際，燕軍和我軍早已經簽訂盟約，東郡不會有什麼大礙，屬下懇請主公讓我留下來助戰。」

曹操笑道：「伯寧，你不要誤會，我不是趕你走，而是東郡乃重地，你有治理地方的才華，蔡陽雖然有勇力，卻不足以鎮守東郡，而且我讓你去擔任東郡太守，一方面治理東郡，另一方面要你秘密留意河北動向。」

滿寵鄭重其事地道：「諾，屬下遵命，屬下這就去東郡上任，定不負主公所託。」

曹操道：「嗯，那大家都休息吧，明日一早，兵發虎牢關，我要親自會會呂布！」

一聲令下，全軍將士都遵從命令，紛紛休息去了。

第二天清晨，呂布尚在虎牢關裡熟睡，這幾天他每次都前去搦戰，魏軍總是不敢出戰，弄到最後他也懶得去了，隨意派遣一員偏將去就是了，他自己則飲酒自娛，並且讓魏續從河南城裡弄來幾個美女陪他。

此時，呂布便躺在一張大大的臥榻上，身邊三四個赤身裸體的美女和他同睡在一個被窩裡。這幾天夜夜春宵，嘴上說不可沉迷於酒色，可真正輪到他身上時，他比誰都更加的沉迷。

夢中，呂布赤身裸體的站在高處，一群光著身子的女人圍繞在身旁，滿臉春色，帶著淫相，祈求著呂布的愛撫。他則任由圍繞在身旁的女人舔舐，臉上露出了極大的滿足。

突然，他聽到「咚咚咚」的戰鼓在響，震得他耳朵都疼了，圍在身旁的女人頓時煙消雲散，他當時一陣大怒，扯開嗓子罵道：「誰他娘的在擊鼓？」一聲巨吼，他整個人便從夢中醒來，看見身邊依然圍繞著女人，有的在給他捶腿，有的正搖晃著雙乳，將他的手拉到胸間擺弄著。

「原來不是夢啊……」呂布清醒後，看到這五名美女將他伺候的很是舒服，體內一腔滾熱的液體就要噴射而出。

「咚咚咚……」劇烈的鼓聲不斷從遠處傳來，那亢奮的鼓點像是千軍萬馬在奔騰。

呂布意識到什麼，坐了起來，猛然喝道：「是戰鼓聲……」

「主公，魏軍攻城了……」一個親兵在門外大聲喊道。

呂布聽到，一把推開幾個美女，喝道：「滾開，快給我披甲！」

幾名美女都嚇了一跳，急忙從衣架上拿來衣服和戰甲，迅速給呂布穿戴上。

呂布穿戴整齊後，大步流星地走了出去，跨上早已等候他多時的赤兔馬，從親兵手裡接過方天畫戟，騎著赤兔馬便朝城門衝了過去。

「咚咚咚……」鼓聲不斷，那鏗鏘有力的鼓聲每敲打一聲，便使呂布的心為之一顫，他的眼中露出殺意，眼前似乎出現無數任他收割的頭顱。

他策馬登上城樓，看見郭嘉、曹性皆站在那裡，城下是列好方陣的魏軍士兵，最前面一人，他看著很是面熟，相貌醜陋，五短身材，騎著一匹高頭大馬，像是個小孩一般，**那人戴著熟銅盔，披著鐵甲，背後繫著一個大紅披風，不是曹操還能是誰？**

「曹操？」

呂布眺望一番，但見曹操身後典韋、許褚盡皆怒目，戲志才、李典、樂進、曹洪環繞周邊，好奇地道：「他什麼時候來的？」

郭嘉道：「主公，看敵軍兵力沒有任何變化，屬下以為，應該是曹操親率幾員將領而已，並沒有帶來援軍。」

呂布冷笑道：「曹操也是堂堂的魏侯了，怎麼穿戴的如此破爛？」

「額……」郭嘉看了眼曹操的穿戴，見一個侯爺居然只是戴著熟銅盔，披著鐵甲，確實感到有些意外，但是轉念一想，便答道：

「屬下聽說曹操曾經設立摸金校尉，專門幹的是盜墓的勾當，看來魏國並不富裕，曹操穿成這樣也屬正常。這兩年兗州鬧蝗災，徐州鬧暴動，他又和豫州的袁術連連交兵，兗州乃四戰之地，估計所有的錢財都用在軍費上了……」

「管他娘的有沒有錢，總之曹操不可小覷，他背後那兩個崽子也十分的驍勇，難怪他敢擺出如此大的陣勢。不過，我從未怕過誰，兩年前在虎牢關下，我因有所顧忌，不敢出手殺人，這次是生死相搏，我可不會留情，不親手宰了那胖子和那個叫典韋的，我難以殺掉曹操。」呂布不等郭嘉說完，便叫囂道。

郭嘉聽說過兩年前的虎牢關大戰，「**人中呂布，馬中赤兔**」之名也是在那時打出來的，但是他並未親眼見過那時的場面，今日有機會能夠一睹當年的戰鬥，心中自然是萬分澎湃。

不過，郭嘉激動歸激動，他還不想呂布敗亡，在他心裡，他希望呂布能夠殺掉曹操然後再敗亡，所以提醒道：「主公，萬事不可大意，我軍全靠主公一人支撐，若主公有什麼閃失，眾位將士的士氣必然會一洩千里。」

呂布道：「放心，我自有分寸。曹性，帶領你的部下五百人跟隨我一起出戰，必要時，一箭射翻曹操。」

話音一落，呂布當即下了城樓，曹性隨著呂布一起下城樓，召集了五百擅於射箭的部下，一同出了虎牢關。

郭嘉站在城樓上，看著遠處曹操，心中暗道：

「這就是曹操嗎？雖然其貌不揚，可是身上卻透著霸氣，**霸氣外露者皆是梟雄，與主公比起來，曹操顯得霸氣十足。可是，主公身上所流露出來的，卻是睥**

睨天下的王者之氣，一王、一霸，在爭奪天下時，主公和曹操之間勢必會有一場惡鬥，若是曹操就此被呂布殺死了，主公南下便沒有阻礙，但願呂布能夠先結果了曹操，了卻主公的後顧之憂。」

曹操看到虎牢關裡呂布率領五百騎出戰，扭頭問道：「呂布不過一介匹夫，但是從滿寵彙報的情況來看，似乎深得兵法之精要，出其不意，打擊士氣絕非他這種人能夠想出來的。陳宮留在冀州，呂布在司隸孤軍奮戰，匹夫竟然能夠做出驚人之舉，敵軍中似乎有高人相助。軍師，你可知道呂布軍中何人為其謀劃嗎？」

戲志才道：「聽滿寵說，呂布似乎新拜了一個軍師，叫什麼郭晉的。」

「郭晉？能夠抵擋住我軍的攻擊，並且攻其不備，成功打擊我軍士氣，讓滿寵也束手無策，此人不簡單啊。不過，我沒有聽過這個人的名字，去軍中找個校尉來，讓他指給我看看，看看哪個是郭晉，我要將此人活捉了！」曹操下令道。

「咳咳咳……」戲志才猛咳了幾聲，單薄的身體似乎二級風都能將其吹倒，雖然騎在馬背上，可是身邊還是要有親兵防護著，生怕一不小心便掉了下來。

咳嗽完，戲志才這才拱手道：「諾，屬下這就叫人來認。」

曹操看到戲志才離去的背影，心中暗暗想道：「他的身體一天不如一天了，雖然有名醫張機所開的藥方，可是最多還能撐三年，三年之內，我必須儘快找尋一個能夠代替他的軍師……」

轉過頭，他看到呂布神氣的列陣在那裡，便道：「呂布匹夫竟然也能找到為他出謀劃策之人，我必須將他搶過來，為我所用。**郭晉，你到底是何方神聖，居然能夠讓呂布立於不敗之地？**」

不多時，戲志才便叫來一個校尉，校尉是曹仁身邊的親隨，見到曹操時，立刻拱手道：「屬下李通參見主公！」

曹操見李通身材魁梧，一臉的剛毅，鐵盔下面露著一雙深邃的眸子，雖然是個校尉，給他的感覺反像是見到一員大將一樣。

他先是怔了一下，細細地打量了一番這個自稱李通的人，見李通看上去有幾分威武之色，便問道：「你是誰的部下？」

「屬下是討虜將軍陳留太守的部下。」李通鏗鏘有力的答道。

曹操眼中泛起一絲光芒，他心裡明白，曹仁的部下能夠當上校尉的寥寥無幾，因為曹仁治軍嚴謹，對待士兵更加苛刻。

他見李通身材不高，與他身高相差無幾，而且面相也不甚好看，黃臉短鬚，鼻梁高挺，肥脣大嘴，又問道：「你是何時參軍的？」

「太平元年二月，在陳留應徵入伍。」李通道。

曹操驚道：「短短一年的時間，你能夠在曹仁手下當上校尉，可見你確實是有將才之人……李通，我現在任命你為偏將軍，統領曹仁舊部。」

李通聽後，歡喜拜道：「多謝主公提拔！」

曹操道：「我問你，你可知道呂布的現任軍師是誰？」

「郭晉！」李通答道。

曹操道：「你可認識？」

「屬下和他見過一面……」李通將頭一轉，眺望了一下虎牢關，當即指著城牆上的郭嘉道：「那人便是呂布的軍師郭晉……」

曹操眺望過去，但見郭嘉眉清目秀的，訝異道：「小小年紀，竟然有如此才華？」

戲志才凝目望去，看見郭嘉覺得甚是眼熟，在腦中回憶了一番之後，嘴角露出一抹笑容，輕呼道：「原來是他……」

曹操道：「軍師認識此人？」

戲志才點點頭道：「主公，此人並非叫郭晉，真名為郭嘉，乃潁川陽翟人，字奉孝，不想昔年小太公竟然成長到如此地步，只是，我聽說郭嘉投靠了燕侯高飛，怎麼會出現在呂布的軍營裡……」

曹操尋思一番，嘿嘿笑道：「高飛為人狡猾，奸詐無比。我一直在納悶，為什麼呂布會突然南下司隸，現在看來，呂布之所以南下司隸，定是郭嘉在背後挑唆。既然如此，**我已經有了破呂布之計**。典韋、許褚，你們二人今天去會會呂布，讓將士們看看，呂布並不是不可戰勝的！」

典韋、許褚二人早已摩拳擦掌了半天，聽到曹操的話後，雙雙策馬而出。

曹操則對身後的人道：「李通，你去壓住陣腳，李典、樂進，你們隨時準備出戰，呂布異常驍勇，萬一典韋、許褚出現體力不支，你二人便去代替一會兒。」

「諾！」

此時呂布已經準備就緒，見典韋、許褚二人一起出陣，便對身後的曹性道：「伺機而動，撲殺曹操，若成功，加官進爵、賞賜無數！」

曹性緊緊地握著手中的弓箭，點點頭道：「主公放心，我一定不會辜負主公所望。」

呂布笑了笑，策馬而出。

典韋、許褚並肩而出，許褚此時騎著一匹上等的良馬，手中的兵器也換了，那重重的大鐵錘換成了一口鋒利無比的大刀。

「韋哥，我先出手，咱們車輪戰，拖死呂布那個狗娘養的，我上次沒有稱手的兵器，也沒有良馬，這次我都有了，我要讓呂布見識見識我的厲害，你先在一邊觀戰，如果我不能取勝，你再出戰不遲。」許褚一想起兩年前呂布傷了他，便很不服氣，對典韋道。

典韋看了許褚一眼，問道：「你有把握嗎？」

許褚道：「放心，我有把握，這次我一定能斬下呂布的人頭。」

典韋沒有說話，一把勒住座下馬匹，停在那裡，一動不動。

許褚看後，衝典韋笑了笑：「韋哥，謝謝你成全我，回來後我請你吃雞腿！」

典韋莞爾一笑。

許褚扭過頭，緊握手中大刀，雙腿夾緊馬肚，心中暗道：「上次我險些被魏延給擒住，若非韋哥及時救我，我根本無法逃脫，現在我有了馬匹，有了稱手的兵器，我還怕個什麼！」

呂布見只有許褚一人出戰，典韋在背後掠陣，舉起方天畫戟，道：「胖子，兩年不見，你倒是瘦了不少啊！」

許褚道：「呂布！兩年前的那一戟之仇，我今天要討回來。」

「就憑你？」呂布露出輕蔑的目光。

許褚見呂布不以為然，二話不說，大喝一聲，舉刀策馬便衝了上去。

呂布也露出了殺意，在他心裡，**無論是誰，都無法撼動他天下無雙的地位**，舉起方天畫戟，當即迎了上去。大戰一觸即發，天地間刮起一陣狂風，弄得空曠的原野上飛沙走石，像是在給兩邊助威。

「噹！」一聲兵器碰撞的聲音，打破了曠野上的寂靜，兩馬相交的瞬間，呂布、許褚一閃而過。

「這小子……力氣似乎比以前更大了……」呂布握著方天畫戟的虎口微微發麻，心中暗道。

許褚則是滿臉的興奮，看到大刀的刀鋒沒有被砍捲，便道：「好刀，主公賞賜的果然是一把好刀，比我那大鐵錘用起來要輕便許多，今天若不用這把寶刀砍了呂布，怎麼對得起主公的賞賜之恩?!」

兩馬分開，呂布、許褚旋即調轉馬頭，再次對衝了上去。

典韋站在一旁觀看，看到呂布、許褚各個精神飽滿，環抱著雙臂道：「能將方天畫戟用得如此出神入化的，天底下也只有呂布一人了，當年一戰，我的雙鐵戟略微落了下風，今天我一定要將失去的討回來。」

「噹噹噹噹……」虎牢關下，呂布、許褚越鬥越勇，兩人的兵器不停地碰撞，可是卻未有一個人受傷，讓兩邊的人看得也是如癡如醉。

虎牢關上，郭嘉瞪大眼睛看著許褚和呂布，心中暗道：「能和呂布一連鬥上十幾個回合還未見敗績的，我還是頭一次見到，看來這許褚也是曹操帳下的一員猛將。」

郭嘉將目光移向站在一邊的典韋身上，心道：「此人氣勢不凡，看樣子也是一員猛將，曹操帳下還是有能人的，看來要對付曹操，還真不是那麼簡單。」

「砰！」

曠野上一聲巨響，呂布、許褚的兵器都微微發顫，同時發出嗡嗡的輕鳴聲，二人的雙手更是被震得發麻。

「切！這死胖子比兩年前要厲害許多，不知道典韋又有什麼成長……」呂布暗暗叫道：「來吧，都來吧，最好是一起上，我很久沒有遇到這樣強勁的對手了，今天正好可以打個過癮，讓我玩高興了，再殺他們不遲。」

許褚心裡急道：「許褚啊許褚，你苦練刀法為的不就是今天嗎，兩年前的那一戟之仇你難道忘記了嗎，快快拿出真正的實力給呂布看看，然後一刀斬下呂布的人頭，獻給主公！」

「沒忘沒忘！我沒忘！我要斬了呂布的人頭，斬殺呂布報仇……」許褚突然像得了失心瘋一樣，大叫了起來。

典韋看後，眉頭皺了起來，暗道：「糟了，許胖子被逼急了，看來他要使出那招絕招了，可是他的絕招還沒有練熟，而且對手是呂布……」

「胖子！我來助你！」

不容典韋多想，他從後腰裡掏出兩把嶄新的鑌鐵雙戟，在太陽底下顯得閃閃發亮，那通體烏黑的大戟便隨著典韋衝了出去。

呂布見典韋也加入戰局，冷笑一聲，道：「終於來了……」

典韋手中舞動著烏黑發亮的兩把大戟，那雙大戟在他的手中，像是兩頭捲著黑雲的猛虎，張牙舞爪般朝呂布刺了過去。

呂布方天畫戟舉起，不停地變換著手中的攻勢，那畫戟的戟頭因為多年沾血而被染得鮮紅，亂舞中，一點鮮紅帶動著一條活靈活現的長龍朝那兩頭猛虎壓了過去。

「噹噹噹……」二人攻勢快得驚人，遠處的人們只看到一團黑雲中間捲著一點紅，迅速地抖動起來，讓人看不清兵器的走勢。

「哇呀呀……呂布，我要報仇！」

許褚瞋目而來，冷豔的大刀在太陽底下格外耀眼，刀舞成鋒，一股股凌厲的力道朝呂布背後劈了過去。

呂布絲毫沒有懼意，反而越戰越勇，大聲道：「一起來吧……讓我好好的陪你們兩個玩玩……」

虎牢關外，兩軍陣前，所有人都為之注目，但見典韋、許褚前後夾擊呂布，每個人都屏氣凝神。

呂布騎在赤兔馬上，但見前方典韋舞動著兩支烏黑鑌鐵雙戟，逼得他不斷的遮擋，背後凌厲的刀鋒劈來，許褚更是聲聲暴喝，眼看就要被大刀劈中，他咬緊牙關，方天畫戟陡然變招，戟頭倒扣，戟尾橫掃，同時大喝一聲：「來得好，儘管使出全力來，哈哈哈……」

圍觀之人都揪著心，晉軍為呂布擔心，魏軍為典韋、許褚擔心。

不管是晉軍還是魏軍，雙方的將士都看到了驚人的一幕，呂布整個人突然騰空而起，握著方天畫戟的他在空中來了一個漂亮的後空翻，赤兔馬「哧溜」一聲便向後奔跑了出去，竟然輕鬆地避過許褚從背後的猛烈一擊。

「砰！」一聲巨響，許褚的大刀劈在典韋的雙鐵戟上，力道之大，讓他們兩人都險些墜落馬下。

赤兔馬停了下來，呂布從空中自然地落在馬背上，臉上帶著極大的興奮，不由得伸出腥紅的舌頭，舔舐了一下方天畫戟上的鮮血，發出一聲極為怪戾的笑聲：「死胖子，你的血還是和兩年前一樣，總是能讓我揚起殺你的欲望……」

話音落下，許褚先是感到莫名其妙，一扭頭，看到肩膀上竟然被劃開了一道極為細小的口子。

他仔細回想了一下，這才想起來，呂布在空中後翻的時候，手中的方天畫戟輕輕地掃過他的肩頭，他當時只在意不要碰到典韋，忘卻了疼痛，沒想到還是被呂布給劃傷了。

「呂布……你休得猖狂，一點小傷，算得了什麼？」許褚暴怒之下，直接將身上的皮甲給脫了下來，同時一把扯開了衣服，光著上身，露出了他全身像石頭一樣的肌肉。

典韋也皺起眉頭，策馬來到許褚的身邊，雙鐵戟向前一橫，對許褚道：「許胖子，這兩年我們變強了，可是呂布也在變強，從剛才的對戰中，不難看出他已經超越過了兩年前的自己，只在一瞬間便做出了迅疾的反應，不但擋住我的快攻，還劃傷了你，這份實力，已經遠遠在我們之上，若不使出我們真正的實力，只怕很難打敗他。」

「好！我的絕招正是為了呂布而練的，現在正好使出來！」許褚重重地點了點頭，將大刀在胸前一橫，滿臉的凶光。

呂布端作在赤兔馬上，手拂韁繩面向天空，披肩長髮隨著秋風輕輕飛舞，彷彿天下再無值得關注之物；方天畫戟突然插在虎牢關前那數千年來不斷被鮮血澆灌的黃土之中，光華內斂；赤兔異常安靜地立於戰場，火紅的鬃毛彷彿煉獄來的烈焰。

人、馬、戟渾然天成，與蒼穹融為一體，彷彿立於此地已經千年萬年一般。

「哈哈……哈哈哈……哈哈哈哈……」

呂布突然仰天狂笑不止，那笑聲中充滿了興奮，讓站在他對面不遠處的典韋、許褚都搞不清狀況。

「你笑什麼？」許褚見呂布狂笑不止，吼道：「死到臨頭了還笑？」

金色的陽光照在呂布雄壯的身軀上，給人一種膜拜的衝動，他突然低下頭，深邃的雙眸裡射出道道的精光，朗聲道：

「洛陽乃天下的中心，虎牢關更是守衛洛陽的一道重要屏障，兩年前我於此地一戰成名，今日我要讓世人再次銘記此刻，**我要讓所有的人都知道，我呂布乃天下無雙的戰神**，而今天，我不會手下留情，**我要以你們二人作為我成為天下無雙的試刀石**，你們兩個，一起上吧！」

忽然，呂布拔起了插在黃土中的方天畫戟，赤兔馬前蹄高高揚起，發出一聲巨大的馬嘶聲，接著就是驚雷般的蹄聲轟鳴，滾滾塵土席捲而起，一道煙塵直撲向許褚、典韋。

「你們一起上吧！」

典韋、許褚見呂布快速駛來，也毫不示弱，拍馬向前迎戰，他兩個人騎著同樣黑色的戰馬，猶如兩道黑色的閃電，快速地朝那團火雲迎了上去。

呂布正面衝鋒，方天畫戟瞄準衝在最前面的典韋的咽喉，寂寞的眼睛裡充滿了狂熱，彷彿過不多久，躺在他面前就是一具屍體一般。

典韋騰空而起，離開馬鞍，避過方天畫戟，一個側身，雙鐵戟橫掃向呂布的腰腹。

呂布座下赤兔馬突然一個旋轉，四蹄捲起不少泥土，呂布順勢將方天畫戟揮出，正好攔住了雙鐵戟。

三戟相交，發出「噹」的一聲震天轟鳴，典韋的身體向後倒退三丈許，幸得座下戰馬急速奔來接住了他。

呂布的赤兔馬也橫跨出好幾步，若非耐力甚好，只怕霎時間便被典韋那猶如千斤力道的一記猛擊壓垮。

「好！」許褚大聲喝彩，手中大刀猛然揮出，一刀冠以千鈞之勢便朝呂布天靈蓋劈下。

呂布意識到背後的危險，不等許褚大刀劈下，騎著赤兔馬便飛快地跑了出去，十分輕鬆地避過了許褚。

「砰！」一聲巨響，許褚的大刀在地上劈出一道長長的口子，弄得塵土亂飛，他臉上更是十分的難堪。

「娘裡個巴子的！你跑個求？」許褚一刀劈空，心中怒意大盛，忍不住便大聲罵了出來，雙眼更是充滿了怒火，直勾勾地望著呂布座下的赤兔馬，恨不得將那匹神駒給活活的煮來吃了。

呂布笑了，他的笑就像吹皺一池春水，伸出食指點向典韋，傲然道：「不錯！再來！」

至今為止，典韋從未掉以輕心，他知道呂布的實力，可是沒有想到會那麼強，他見呂布傲氣逼人，怒吼一聲，鬚髮皆張，催馬上前。

許褚戰得興起，拍馬舞刀和典韋一起共戰呂布。

典韋很快近前，左手舞動大戟，右手暗藏殺機，雙手交錯起舞，那黑色的鑌鐵雙戟像是兩頭插上了翅膀的猛虎，交相著撲向呂布。

呂布方天畫戟猶如一條長龍，在雙虎中間來回穿梭，互相纏鬥。二人一近身，便捉對廝打，「噹噹噹」的聲音不絕於耳。

許褚眼看就要逼近呂布，突然飛身離馬，大刀由上而下直插向呂布的頭顱。

呂布感到一股殺意，急忙變招，單手握著方天畫戟，直指天空，左手卻突然從腰中抽出佩劍，遮擋典韋雙頭猛虎帶來的壓迫。方天畫戟直指天際，朝許褚劈開的大刀便是一陣遮擋。

許褚大刀狂舞，暴喝一聲，在空中飄蕩的那一霎那，連續劈出了十八刀，一套連貫的「**天地十八斬**」嫻熟地劈向呂布，一刀接著一刀，一刀快過一刀，一刀猛過一刀，他將全部心血全部集中在這「天地十八斬」中，力求立刻分出勝負。

典韋見狀，立刻停止了攻擊，策馬向後倒退兩步，將雙戟柄端對在一起，用力一擰，雙戟柄端的暗扣便扣了起來，兩條雙戟瞬間變成一根長戟，且長戟兩頭還帶著一個烏黑亮麗的戟頭。

他手中兵器一變，雙手立刻將那根長戟舉過頭頂，不斷地旋轉著，再次策馬向前，攻向了呂布。

呂布臉上突然變色，眉頭緊皺，左手長劍猶如靈蛇吐信，右手方天畫戟猶如蛟龍出水，但是面對雙方的猛烈攻勢，他也漸漸地感到了一絲的吃力。

「喀嚓！」呂布手中長劍突然被典韋的雙頭大戟斬斷，瞬間斷成兩截，只剩下一個劍柄在手中緊握。

「噹啷！」方天畫戟被許褚的大刀挑到了高空中，旋轉著向上飛去。

呂布手中兵器盡失，頓時感到一陣窘迫，雙腿用力一夾赤兔馬的馬肚，俯身在赤兔馬的背上，「哧溜」一聲便避過了典韋的攻擊，閃到許褚的背後，然後身體突然離開馬鞍，凌空飛腿踢向在空中快要落地的許褚，兩腿上下翻飛，單手撐著馬鞍，瞬間便踢出了十二腿。

許褚身體僵硬，躲閃不及，只覺得瞬間背上便結實的挨了十二記重踢，那十二記重踢，將他落地的方向改變了，嘴角也流出了鮮血，身體不由自主地向前摔倒。

「砰！」一聲沉重的悶響，許褚整個身體重重地摔在地上，順勢向前滑行了好幾米，在地上留下了一個長長的拖痕。

「許胖子！」典韋見狀，驚叫一聲，雙手一擰，拆開雙頭大戟，瞬間又變回了雙鐵戟，怒目轉向呂布，雙腿用力一夾馬肚，迫使戰馬掉頭。

典韋見在空中飛舞的方天畫戟開始下墜，呂布站在馬鞍上準備躍身上跳，他雙腳一蹬馬鐙，也站在馬鞍上，整個人豎立起來，左手舞著一支大戟攻向呂布，右手將另一支大戟高高上拋。

「錚！」一聲脆響，典韋扔出的大戟撞上了呂布的方天畫戟，將方天畫戟又撞向了高空當中，在空中迅速的翻轉了幾下後，方才有墜落之勢。

呂布見狀，憤怒地看著典韋，見典韋左手大戟向他要害刺來，當即躍身上跳，腳尖直接踩在典韋的大戟上，借力向上躍去，再次拔高的身子正好把方天畫戟一把握住。

與此同時，赤兔馬像是和呂布串通好一樣，發出一聲長嘶，四隻馬蹄上揚，猛然躍到空中，將下降的呂布接住。

呂布人馬合一，形成了完美的一體，身在高空居高臨下，揮動著方天畫戟，由上至下，人力、馬力、殺氣轟然下壓，以蒼鷹搏兔之勢直撲單手握戟還站在馬鞍上的典韋。

「韋哥小心！」

許褚從地上翻滾過來，看見典韋威脅，便想助典韋一臂之力，奈何身體被呂布的十二記重踢踢中，若不是他筋骨強勁，只怕早已吐血斗升。他瞪大著驚恐的眼睛，心中無比的揪心。

典韋見呂布來勢洶洶，反而激起了胸中的狂意，看到呂布人在空中，左手中大戟脫手而出，投向呂布，他則分開雙腿，騎坐在馬背上，仰望呂布。

眼見呂布就要被大戟穿胸而過，哪料呂布一拉赤兔馬的韁繩，人和馬在空中竟然翻了個跟頭，輕鬆避過大戟，下壓之勢更加猛烈了。

典韋大吃一驚：「呂布……竟然有如此能耐？」

此時，典韋已經處於不設防狀態了，遠處觀戰的曹操立刻喝令道：「李典、樂進，速速前去救助！」

李典、樂進二人「諾」了聲，拍馬而出。可是，若等李典、樂進二人到來，只怕典韋早已屍首異處了。

關鍵時刻，典韋大吼一聲：「拚了！」把心一橫，伸出雙手，想直接從空中抓住呂布的方天畫戟。

呂布見到典韋的舉動，撇了撇嘴，露出笑容，暗道：「哼！垂死的掙扎，任你再有能耐，這一戟也必將貫穿你的心肺！」

就在千鈞一髮之際，呂布、典韋的眼前突然閃過一道耀眼的光芒，那光芒轉瞬即逝，待兩人反應過來時，看見一把鋒利的大刀從遠處翻轉著朝呂布劈了過來，刀光閃閃，寒意逼人，那光輝燦爛吞天噬地的刀光竟讓呂布的臉上變了模樣。

呂布急忙變動方天畫戟的攻勢，轉而去擋那把來勢洶洶的大刀，刀戟相碰，引發一聲巨大的聲響，頓時星花四射。

「砰！」一聲巨響，呂布連人帶馬從空中落下，在地上砸出一個大坑來。

典韋見呂布從頭頂飛過，也急忙策馬而走，長臂一舒，順勢抄起落在地上的大戟，遠遠地和呂布分開。

天地間一片肅殺，狂風呼嘯，發出「嗚嗚」的鳴叫。

呂布、典韋不約而同朝大刀飛來的方向看了過去，但見許褚拖著受傷的身體站在那裡，嘴角露出了微笑。

狂風呼嘯，塵土飛揚，秋日的清晨充滿了瑟瑟的殺機。

呂布橫戟立馬，先後看了看典韋和許褚，心中暗道：「我太低估這兩個人了，沒想到對付他們兩個就耗費了我大半的力氣……」

李典、樂進雙雙策馬而來，雙槍並舉，直取呂布。

「砰！」一聲悶響，面帶微笑的許褚重重地摔在地上，頓時昏迷過去。

曹性見狀，眼前一亮，張弓開箭，三矢齊發，朝許褚的背部射去。

「許胖子！」典韋見狀，急忙策馬狂奔，奮力用左手扔出一根大戟。飛戟在空中不斷的翻轉，發出鬼厲一般的呼嘯，夾帶著風聲，筆直的朝曹性飛了過去。

「嗖嗖嗖！」三聲箭矢一起射出，破空的聲音顯得極為清亮，勁頭十足的朝許褚飛了過去。

可是，其中的兩支瞬間便被飛來的鬼戟劈成了兩半，登時墜落地上，只有一支筆直的飛了過去，「噗」的一聲悶響，射進許褚的肩胛骨，鮮血登時直流。

飛戟的力道絲毫不減，在劈開兩支箭矢之後，依然以迅疾的姿態向曹性飛了過去。

曹性一看，大驚失色，眼看那飛戟朝自己呼嘯而來，情急之下，一個蹬裡藏身，躲到馬肚子前面，額頭上冒出大滴冷汗。

「哇啊……」一聲慘叫，曹性背後一個騎兵被典韋擲出的飛戟硬生生打中，烏黑的戟頭直接貫穿那騎兵的身體，巨大的力道使得那騎兵的屍體朝後飛去，撞到後面的騎兵，頓時引起一片波瀾，十幾名騎兵被撞翻在地。

「好險！」曹性虛驚一場，急忙翻身上馬，但見典韋已經調轉馬頭，將許褚給救走了。

「賊將哪裡逃！」曹性見有機可乘，重新張弓搭箭，同樣是三箭齊發，三支羽箭在一聲弦響之後，立刻飛了出去，直逼典韋背後。

典韋感到背後有危險，身體迅速回轉，右手握著的大戟猛然揮出，將三支射來的箭矢盡皆撥落，目光怒視著曹性，發出一聲巨吼：「早晚有一天，我必將提著你的人頭！」

曹性看著典韋那雙如電的眼睛裡充滿了仇恨，心中不禁一陣膽寒。

這時，李典、樂進雙雙攻來，呂布大戟一揮，應戰自如。

看到典韋帶著許褚朝魏軍陣營中逃去，一邊漫不經心的招架著李典、樂進的攻勢，一邊衝皺著眉頭的曹操大聲喊道：「曹阿瞞！若有本事，儘管親自前來，與我大戰一場，也省得你部下之人接連死去！」

曹操見呂布威風不減當年，甚至比起兩年前更加的勇猛，冷笑一聲，什麼都沒說，轉身便走，同時將手高高舉起，向戲志才打了一個手勢。

戲志才立刻會意，立即下令道：「鳴金收兵！」

「叮叮叮……」一陣收兵的聲音在曠野上傳蕩，李典、樂進二人聽後，很是默契的策馬便回，快馬加鞭，一溜煙的功夫便奔馳出好遠，生怕背後呂布會騎著赤兔馬追趕過來。

可是，呂布並未追趕，看到魏軍撤退，猛喝道：「我乃天下無雙的呂布，這次姑且饒了你們，下次誰要是再敢進攻虎牢關，這裡便是他的葬身之地。」

聲如悶雷，滾滾入耳，魏軍將士親眼目睹了剛才的那場大戰，人皆喪膽，就連馬匹也跟著發出了陣陣的嘶鳴。

郭嘉站在城樓上，看著呂布的英勇表現，心中也是為之一驚，暗想道：

「呂布雖然大勢已去，可短時間內並不會敗亡，除非四方諸侯一起攻擊司隸，否則的話，呂布緊守四方關隘，便能和諸侯形成對峙。主公啊，請儘快率部前來吧，有我做內應，收拾呂布簡直是易如反掌。」

呂布撤軍回城，他因曹操親自前來，也不敢輕易出擊，是故吩咐虎牢關堅守不戰。

曹操率領大軍回營，高掛免戰牌，一回到軍營，便立刻去了許褚的營帳。

「仲康傷勢如何？」曹操見許褚趴在臥榻上，背上的箭矢也被取出來了，身上纏著綳帶，急忙問道。

典韋道：「軍醫給看過了，皮外傷，並無大礙，只是，許胖子要調養一段時間……」

曹操看了眼昏睡過去的許褚，道：「既然是皮外傷，以仲康的筋骨，應該沒有什麼大礙，可是為什麼他還沒有醒？」

典韋道：「主公，許胖子的『天地十八斬』耗費了他全身的力道，而後又受到了呂布的十二記重踢，雖然說受了點內傷，可是他的骨頭硬，並沒有什麼大礙。起初那倒下的那一瞬間，我還以為他是昏死過去了，可當我把他架上馬背的時候，才發現他是因為勞累過度睡著了，直到現在還沒有醒。」

曹操聽後，也笑了起來，心中的一絲不安揮之而去，道：「既然如此，那就讓他多休息一會兒吧，你在此好好照顧他。」

「諾！」

曹操掀開捲簾，帶著戲志才走了，大帳內就剩下典韋和許褚兩個人。

典韋見曹操走遠了，坐在臥榻邊，伸出他偌大的手，在臥榻上許褚的屁股上用力拍了一下。

「啪」的一聲響，典韋的那一巴掌打得既結實又響亮。

「痛啊！韋哥！」許褚大叫了起來，眼睛也霎時睜開了。

「你還知道痛？既然你早已經醒了，主公來了，為什麼不拜見主公？」典韋說完，伸手又是一掌，「害得連我也得向主公說謊！」

「韋哥，看在我受傷的份上，你別折騰我了好不？曹性那狗娘養的，一箭射得我到現在還疼，這個仇我一定要報。」許褚先是苦苦哀求，而後又是滿臉的怒意。

「不折騰你也成，那你告訴我，你為什麼裝睡不見主公？」

「我……我沒臉見主公！沒想到呂布那傢伙那麼厲害，我的『天地十八斬』都奈何不了他，而且我們還是聯手攻擊他，這個人太可怕了。」

許褚事後想來仍覺得害怕，若不是形勢所逼，他也不會使出「天地十八斬」，弄得他全身筋疲力盡，竟然還連續挨了呂布的十二記重踢。

典韋始終沉默著，一聲不吭。

「韋哥，得想個辦法，把呂布那小子弄死……」

「暫時弄不死！我的『天旋斬』只斬斷了他的利劍而已，卻仍然奈何不了他，可見他的實力遠在我們之上……天下無雙，我覺得他當之無愧……」

「難道就這樣任由他囂張下去？狗屁的天下無雙，如果不是他座下的赤兔

馬，他早死在我手裡了，說到底，也只是他的赤兔馬厲害而已……」

許褚雖然嘴上這樣說，可是心裡明白，赤兔馬雖然奔跑如飛，但若是騎在背上的是一個碌碌之人，就算跑得再快，終究還是個死。他這樣說，也無非是想出口惡氣，不想真正的承認呂布比他強而已。

典韋嘆了口氣，道：「呂布再猛，終究是一個人，我想，今天這一幕，主公以後應該會儘量避免的，因為呂布帶給我軍的不只是震撼，許多士兵心裡早已被呂布給磨滅了鬥志，如果現在一群人圍著呂布，只要呂布大喝一聲，一定能嚇跑一大批人。」

許褚沮喪地道：「那……我們怎麼辦？」

「你安心養傷……我想，主公有他自己的想法，一切聽主公的就是了。」說完，典韋便走出了營帳。

許褚雖然心有不甘，可是身上傷口還很疼，也暫時不能有太大的動作，自言自語道：「連韋哥都開始佩服起呂布了，看來也只有依賴主公的智謀了……哎呦，他娘的曹性，老子早晚把你的頭顱砍下當酒爵用！」

曹操回到大帳，聚集了戲志才、李典、樂進、李通等人將校，滿臉愁容地道：「今日一戰，我方才知道呂布驍勇異常，虎牢關更是牢不可破，我軍現在士氣低靡，不宜再戰，而且曹仁、夏侯惇、許褚先後受傷，軍心渙散的太厲害了……」

說到這裡，曹操環視了一圈眾將，見眾將的臉上也都有幾分懈怠之意，便朗聲宣布道：「通傳全軍，撤軍！」

「撤軍？」李典不解地道：「主公，難道我們就這樣走了？」

「諸侯觀望不前，洛陽一帶更是有四方關隘阻隔，我軍連連受挫，再這樣待下去也不是辦法。不如暫時撤軍到汜水關，駐守滎陽，等部隊休整後，再約諸侯共同進行會戰！」

戲志才輕咳了兩聲，道：「主公英明！」

曹操道：「李通，去傳令吧，全軍撤退！」

「諾！」

「曹操出師不利，大將連傷，鑒於士氣不振，已經自行退兵，現在駐紮在滎陽。」斥候道。

呂布端坐在那裡，聽到斥候的彙報後，閉上眼睛，問道：「軒轅關、函谷關方向有什麼動靜嗎？」

「暫時沒有，張濟、樊稠自從被文醜擊退之後，便緊守函谷關，不敢輕出，軒轅關那裡由高將軍把守，劉表、袁術兩路大軍雖然屯駐在外面，可是卻遲遲不見動靜，似乎是在觀望。」

呂布突然睜開了眼睛，如電似的雙目注視著面前的斥候，厲聲問道：「河北燕軍有何動向？」

「燕軍大將趙雲、黃忠、龐德、徐晃等人，自從占領河內之後，便封鎖了沿岸渡口，暫時並沒有任何進攻的跡象。」

呂布最擔心的就是高飛，聽了方才安下心來，對郭嘉道：「軍師，曹操已退，馬騰、劉表、袁術、高飛都沒有任何動靜，我軍已然和其形成了對峙，看來是時候派出使者，向各位諸侯解釋一下了。另外，我軍從現在開始，在洛陽舊都附近的幾個縣裡徵調強壯男丁入伍，我軍兵力實在太少，若要久守此地，必須要有足夠的兵力……」

「曹性，這件事交給你去辦，你帶著親隨，去各縣走上一遭，凡是十六到四十歲之間的青壯年，都一併徵集到軍隊裡，由你負責訓練，只訓練箭術即可。」呂布對曹性吩咐道。

曹性抱拳道：「諾！屬下遵命，只是不知道主公要招募多少人？」

「這還用說嘛，有多少要多少！」呂布臉上青筋暴起，見曹性腦子不夠靈活，忍不住吼道。

曹性嚇得急忙連聲稱是，唯唯諾諾的離開了大廳。

「主公，這樣大範圍的強制性徵兵，只怕會適得其反，萬一引起民變，豈不是搬石頭砸自己的腳嗎？屬下還請主公三思……」郭嘉獻策道。

「我已經三思過了，我現在所控制的區域，根本稱不上是司隸！除了已經荒廢的洛陽舊都，剩餘的只有鞏縣、偃師、平縣、平陰、河南、穀城、緱氏七個縣而已，如果要守好這裡，單單依靠目前的兵力是遠遠不夠的，必須要進行大範圍的徵兵，在最短的時間內訓練出一支專門以弓弩為主的軍隊，增強四方關隘的防守力量。」

「可是……」郭嘉看到呂布臉上有幾分不悅，忙將話鋒一轉，道：「可是新徵入伍的士兵沒有兵刃，以目前的情況來看，這是對於我軍最不利的因素。」

「我已經想好了，各縣縣衙的府庫裡總會有一些武器裝備的，實在沒有，也不用愁，洛陽乃天下的中心，附近有一座匠坊，是專門為朝廷生產武器的，如今雖然已經廢棄，可是只要重新開工，一樣能夠生產出武器裝備來，現在天下大亂，誰家沒有件防身用的兵器？就算沒有兵器，農具總有吧，將所有鐵質農具投入爐火當中，加以冶煉，就會打造成兵器出來。」

郭嘉聽完，覺得呂布像是變了一個人，心思竟然如此的縝密，讓他無法找到破綻，無奈之下，只好拱手道：「那……將這件事交給屬下來辦吧，主公只管守好虎牢關即可，屬下先回一趟河南城，將糧草合理進行分配，然後讓魏將軍予以配合，開始進行打造兵器，爭取在最短的時間內，給主公最好的支援。」

呂布歡喜道：「哈哈，你就算不提，我也是準備派你去的，你這就啟程吧！」

「啟稟主公，屬下還有一件事想請主公答應！」

「你說！」

「屬下想帶走新婚妻子喀麗絲和那一千狼騎兵一起回河南城，以備不測。」

「也好，你們新婚燕爾……那你就帶領他們去吧，讓魏續帶兵前來增援虎牢關，我擔心曹阿瞞是在積蓄力量，準備發動猛攻。」呂布沒有多想，爽快地答應了。

郭嘉抱拳道：「諾！那屬下這就去收拾行裝。」

請續看《三國疑雲》第二卷 逼入絕境

三國疑雲 卷1 天下無雙

作者：水的龍翔
發行人：陳曉林
出版所：風雲時代出版股份有限公司
地址：10576台北市民生東路五段178號7樓之3
電話：(02) 2756-0949
傳真：(02) 2765-3799
執行主編：朱墨菲
美術設計：吳宗潔
行銷企劃：林安莉
業務總監：張瑋鳳

初版日期：2022年3月
版權授權：蔡雷平
ISBN：978-626-7025-36-9

風雲書網：http://www.eastbooks.com.tw
官方部落格：http://eastbooks.pixnet.net/blog
Facebook：http://www.facebook.com/h7560949
E-mail：h7560949@ms15.hinet.net
劃撥帳號：12043291
戶名：風雲時代出版股份有限公司

風雲發行所：33373桃園市龜山區公西村2鄰復興街304巷96號
電話：(03) 318-1378
傳真：(03) 318-1378
法律顧問：永然法律事務所 李永然律師
北辰著作權事務所 蕭雄淋律師

行政院新聞局局版台業字第3595號 營利事業統一編號22759935

定價：290元

國家圖書館出版品預行編目資料

三國疑雲 / 水的龍翔著. -- 初版. -- 臺北市：風雲時代出版股份有限公司, 2022.01- 冊； 公分

ISBN 978-626-7025-36-9（第1冊：平裝）--

857.7 110019815